末日的受審判者

──禁忌情感與矛盾人性，在每個獨處時刻灼燒著靈魂──

張資平 著

兄妹、師生、同儕、親戚

各種身分的人們卻渴求相同的東西 ──愛

目錄

目錄

目錄

性的屈服者

性的屈服者

一

一九××年的冬的一晚，吉軒由w市回到故鄉來了。雖說他有充分的覺悟，但他回到家中的第一夜就感著一種使他不能安睡的苦惱和煩悶。一個人在書房裡的木榻上翻來覆去的睜著眼睛把寒冷的一夜度過去了。

熱火焚著他的興奮了的頭腦——裡面的腦漿快要乾化成塊狀的頭腦到了天亮時溫度稍為低了些，他趁這個機會微睡了一會。等他起來時，紅日的光線早投射到彩色的玻璃窗扉上來了。

吉軒起來了，把覆在被面上的棉袍子向背上一披，跑下床來。他先把朝東的後門打開，門前是個小庭園。站在門砌上望得見近村的風景。昨天傍晚吉軒是由那邊的村道上走回來的，因為天黑了，沒有領略到近村的景色。今天在晨光之中對著一別七年之久的寒村，吉軒禁不住生出無窮的感慨。

「還是一個很寂寞的農村，這幾年來沒有起多大的變化。但是住在這村裡的人呢？」吉軒想到這層覺著雙目發熱，鼻孔裡也是辣刺刺的。

村景雖然是沒有變化，但小溪彼岸的小學校舍和對面山下的叢林由吉軒今早的眼光看來比年前近了些兒。他望著小學校舍和叢林，心裡覺著一種奇感。

庭園的地面上覆著一重銀色的霜。土地裡面的水分因凍結作用增大了容積，擠起了一重脆薄的土皮。庭園牆外的幾畝新麥的青葉上也滿載著銀色小珠兒。

一切的村景在他的眼中——睡眠不足的眼中，他像戴著老年的眼鏡，房屋，樹林，麥田，泥土都高凸的向他接近，視官的變化不能給他比難堪的苦悶更好的東西，他起來時，本想到庭園外的田間小路上散步一回，他痴望了一會，他覺一切的景物在他眼前漸漸的朦朧起來，他無心出去了。他回書房裡來，仍把後門關上，再爬進已經冷息了的被窩裡去。

……馨兒前天輕了身，你又多了一個姪兒了……這是他的母親去年冬給他的信裡的一句。他的母親為壓抑他的憤怒和安慰他的悲楚起見，費了無限的籌思才想出了很得要領的這一句。不解人情的吉軒的母親，她雖然是以為很得要領，很可以壓抑他的憤怒，安慰他的悲楚的這一句其實適足以增加他的悲酸，催他流了許多眼淚。

吉軒四年間的努力，把W市大學的畢業證書搶到手裡來了。畢了業的吉軒才感著自己四年間的努力完全是空虛。現在由學校解放出來了，以後要自圖安身立命的方法了，絕不再依賴他所深惡痛恨的哥哥為活了，不受哥哥的供給了。有這層層的考慮竟把他的歸鄉之念拒絕於千里之外了。他哥哥明軒聽見他畢了業，寫信來要他早日回故鄉去。他哥哥信裡還說，故鄉縣城的中學聘他擔任數理科，每月有八十元的薪水。神經過敏的吉軒知道他哥哥之催他回去是不能再供給生活費給他了；要他回去當中學教員是望他分擔家計的一部。他得了這封信後更把他的歸鄉之念十九打消了。馨兒已經做了哥哥的填房了！他思及這層，覺得他不能不把自己和家庭間的緣線完全的截斷。但是，但是她還有種魔力對他有強大的吸引的作用，把他一步一步的吸拖進罪的深淵裡面去。

「我非再見她一面不可！非唾罵她不可！最後的見她一面！」到後來，他又想回鄉去了。其實家裡的人沒有一個不在希望他回去。今年不回去怕無再見之期的八十餘齡的慈愛的老祖母，每天垂著淚思念他，他是知道的。只知形式的家庭的圓滿，對於兒女的苦衷全沒理解的功利主義者的母親在希望著他回去，他也是知道的。就連他最痛恨的哥哥也在焦望著他回去，他也是知道的。希望他回去的還有美人般的妹妹鵑兒和嫂嫂馨兒。

馨兒是吉軒的母親的妹妹的長女——是吉軒的姨表妹。她三歲時，她的雙親因染時疫一同死了。所以馨兒是不知道有父母的。吉軒的父親是個有錢的農民，當時很俠義的把馨兒收養在家裡。馨兒到吉軒家裡來時，吉軒才六歲，明軒卻十六歲了。吉軒的母親有意把馨兒作童養媳，但他的父親因為血緣太親近了不答應。馨兒來的第二年，明軒結了婚。妹妹鵑兒也是這年的秋期生的。到了鵑兒四歲那年他的父親就死了，家事一切都由明軒接理，吉軒才進高等小學的一年級。吉軒無分別的把鵑兒和馨兒都當作和自己很相愛的妹妹看待。

有一天吉軒由學校回來看見鵑兒在母親的床上睡著了，只不見馨兒。他忙得到後園裡去找。果然馨兒一個人在園裡的石榴樹下揩淚。

「馨！誰委曲了你？嫂嫂罵了你嗎？媽媽？」

「……」馨兒望見吉軒雙肩更顫動得厲害，哭出聲來了。吉軒走前去，把馨兒摟著，馨兒的臉埋在吉軒的懷裡愈哭得厲害，他的黑呢制服滿灑了馨兒的眼淚。

「為什麼哭了？」吉軒摟著馨兒笑問她。

「蔣媽……可惡的……蔣媽……她……她說……我不是……你的……真妹妹！」馨兒伏在吉軒的胸上哭訴。

性的屈服者

吉軒從前只知道馨兒是個無父母的女兒，他並不知道無父母的女兒的可憐。從這天看見馨兒一個人在石榴樹下痛哭後，他竟以愛護馨兒為自己的唯一的責任了。

馨兒進村中高等小學的三年級時，吉軒是在城內的中學的四年級肄業。每星期六才能回家裡來。初熟的馨兒星期六接著吉軒回來時總臉紅紅的感著一種羞愧。

晚飯之後，馨兒端了一個火盆到吉軒的書房裡來。

「吉哥，等一會，等媽睡了，我把代數教科書帶來，請你替我解一二條難題。」馨兒臨去時雙頰像熟蘋果般的向吉軒嫣然的一笑。吉軒也會意的點了一點頭。

這不算是什麼一回祕密的事，每星期六吉軒由城裡回來，馨兒要到他書房裡來問英文問算術，是一個慣例。不消說問英文解算題是個口實吧了，他們近來感著由他們的相接近會生出一種不可語人的快感。這個慣例行了二年餘了，從馨兒初進高等小學十三歲那年起每星期六晚的燈下馨兒靠著吉軒的胸懷要他教她習ABC。

鵑兒到書房裡來耍了一會，給她媽媽叫回去睡了。鵑兒去後，吉軒又等了半個多時辰才見馨兒捧著石版和教科書笑吟吟的走進來。馨兒行近榻前，吉軒伸著雙腕要循慣例的抱她，她急得把書和石版向榻上一摔，向後閃開了。

「正經些！嫂還在廚房裡，書房門還沒有關。」馨兒臉紅紅的笑向著吉軒說了後跑向門首輕輕的把門帶上，然後到吉軒的案前把吉軒的胸部緊緊的抱著。

他和她熱烈的，狂醉的接了一陣吻後。

「好了！我依了你的要求了！你快把這兩題——第一百十七題和百二十一題替我解答。不要再摸摸索索的了。」

吉軒不理她，還是伸嘴前去要她再和他接吻。她坐在他的懷裡了，他的雙掌緊緊的按在她的初成熟的小饅頭般的雙乳上，把她抱著。

「媽說，我們大了，罵我不該再和你捏手捏腳的。」

他十八歲了，她也十五歲了。初成熟的馨兒雖和吉軒有十二分的親密的接近，但她不能——也沒有這種膽量遽然的許諾吉軒的在接吻以上的要求。她只醉享著每星期六的，能使她心房激震的快感——和異性接吻的快感。

二

吉軒和馨兒的戀愛的過去，除他和她兩個以外，只有他的母親知道。這次吉軒回來，他的母親很擔心的警戒著。

昨晚上次到家裡時，早開上了燈火。他的母親和明軒早走出廳前來接他。隨後鶡兒攜著明軒前妻生的兒子隆兒也出來了。只不見馨兒。他們望著挑行李的交點了行李之後擁著吉軒回到書房裡來，由廳到書房裡要經過他們的廚房門首，馨兒和老媽子像在廚房裡弄飯菜歡迎他，一陣富有酒菜香味的炊煙由廚房裡吹出來。

書房裡收拾得很齊整，只有睡榻還是光著。

「鶡妹居然是個大人了。」吉軒笑望著他的妹妹說，「謝謝你，替我布置得這樣整齊的書齋。」

「不，不是我一個人收拾的。」鶡兒紅著臉，「馨——嫂嫂幫著收拾的。」

吉軒聽見鶡兒提及馨兒便不說話了。只望著書案上硃砂花瓶裡的兩朵黃菊——很嬌豔的黃菊。

「那對菊花也是馨媽插的，她說叔父喜歡菊花。」隆兒很出鋒頭的指著菊花告訴新回家來的叔父。

「W 市比我們南方寒冷些吧？」「W 市現在可下雪了吧？」「在旅途上不很辛苦嗎？」「海船裡沒有暈船嗎？」「過了年就搬到城裡的中學去。」明軒和母親所問的所說的不過這些閒話。

晚飯之後只母親一個人陪他回書房裡來。她告訴他馨兒和明軒結婚完全是為保全家聲起見，將錯就錯的敷衍的方法。她又告訴他前的嫂嫂僅死去半年，馨兒就分娩了，這全是他哥哥的罪過，並不是馨兒的罪過。她告訴他，她年歲也老了，看的傷心事也太多了，今得看見他畢業回來，她就死也瞑目了。她最後告訴他，她望他要和哥哥很和好的同心協力把家業振起來，並望他能夠原諒他的哥哥，不要太給馨兒難堪了。

母親去了後，吉軒一個人痴望著案上的洋燈。

「性慾之強和野獸般的哥哥固然不能辭其罪，但馨兒也能完全的不負點責任嗎？我動身赴 W 市的前一晚，她如何的堅決地向我發誓——她說她望我能夠早日回來，給她一個寶貴的安慰。她又說，她為他保守住處女的純潔，絕不會做出對他不住的事來。她說，她望他答應她在這晚上痛快的灑一番別離之淚。她又說，明天她不到碼頭上來送他了。那晚上的緊緊的摟抱，強烈的接吻，誰料得到是最後的擁抱和接吻！」

「是的，我不該一去四年不回來的！經濟的制限不能如願的每年暑假回來，完全是哥哥對我的一種壓逼！」吉軒恨不得登時把明軒咬幾口。

「睏倦了，早點兒安歇麼。」鵑兒的笑聲。吉軒忙翻轉頭來，他看見鵑兒和馨兒兩個抬了他的被包進來。

「坐開些。」鵑兒走過來輕輕的把吉軒一推，「你過那邊椅子上坐去，等我們把鋪蓋打開，替你鋪好。」

「不，不，你們去吧，我自己會鋪的。」吉軒站了起來。

「哪裡話……」馨兒不敢望吉軒，只笑著望了望鵑兒。

吉軒坐在那邊的椅子上，禁不住把視線飛到馨兒的身上去。她完全是成熟了——不，她是性的經驗很馴熟了的女身了，做了人的母親的女身了。想到這一層，吉軒對馨兒抱的反感——唾棄她的，卑侮她的反感——更加強烈地起來。尤其是她的對鵑兒這一笑更引起他對她的憎惡。

她消瘦了許多。她的肌肉不像從前那樣豐腴了。她的雙頰也不像從前那樣的紅潤了。她的胸部也不像從前那樣的緊束了。她的頭髮也不像從前那樣的柔潤了。他就他從前所知的處女時代的馨兒和眼前的她比較，覺得處女時代的馨兒完全是他平日所幻想的天仙，塵世上決沒有這樣美好的女子。有這麼美好的女子，置之不顧，一去四年，今日之為戀愛的失敗者亦是當然的結果了！

這是他意料中的事——馨兒完全失掉了她的處女美是他意料中的事。他最傷心的也是她失掉了她的處女美這件事。他也很願意——並且祈禱上帝——他能由此傷心的絕望把馨兒的倩影乾乾淨淨的由他腦海裡趕出去。但是眼前的馨兒的身體裡面湧出有一種力——不可思議的力——在他的心頭上描繪出一個新馨兒出來。這個新馨兒——瘦削的身軀，蒼白的臉兒，覆在白額上的的短髮的新馨兒，比他從前心裡所描繪的有處女美的馨兒，更強烈地把他心裡潛伏著的熱血抉流出來，使他對她的熱情再燃燒起來。他禁不住起了一種顫慄！

「我絕不能和她見面！我和她對面就像站在火山噴火口邊那樣的危險！」

她們把被縟鋪好了，馨兒低著頭要去。

「坐一會兒嗎！」鶥兒拉著她並肩的在床邊坐下。「以後你們彼此怎麼樣喊法呢？你叫她嫂嫂，她叫你哥哥嗎？」不解事而且淘氣的鶥兒只她一個人在笑著。他和她都低著頭一句話不說。後來還是鶥兒找些話來和吉軒說，馨兒只默默的聽著。

「馨媽！弟哭了，爸爸叫你回去。」隆兒跑了進來。馨兒聽見了忙站起來。他們都聽見裡面嬰兒的哭聲。馨兒和隆兒去後，鶥兒也跟了去。吉軒一個人在描想他哥哥和馨兒間的一切性的動作——接吻，擁抱和以上的動作。他愈想愈氣，心裡異常的難過，頭腦異常的興奮。他把書房的後門打開，藉著幾分月色，無意識的把兩腿移到明軒的寢室外的窗下去了。窗扉緊閉著，但站在窗外的吉軒隱約的聽得見他哥哥的低微的笑聲可厭鄙的笑聲。吉軒的心房快要破裂了，同時又感著下腹部在熱漲。

「瞎說！他不像你這般的無恥！」馨兒叱明軒的聲音。

「……」明軒的聲音聽不清白。

「誰理你？誰和你辯？！」馨兒的聲音。

「……」

「……」馨兒半笑半惱的聲音。

「不讓你睡！絕不讓你睡！」

「……」

「……」

「討厭的！……快些！人家要睡了！興兒醒來了，我不是不得睡？！」

「……」

「你真不是個人！」

站在窗下的吉軒的雙頰上若沒有兩行熱淚，誰看見都會猜他是個石像了。在他頭上掠過去的朔風一陣一陣的哀號。

三

吉軒爬進既冷息了的被窩裡後似睡非睡的發了好幾回夢。他夢見他在很幽僻的山裡遇見了馨兒。他又夢見他罵她罵得太過火了，馨兒終給他罵哭了。他夢見他坐在山中的一個石塊上，馨兒長跪在他面前，把頭枕在他的胸懷裡悲哭，他又夢見馨兒哭了後不理他，站起來望前面的森林中去，他也忙站起來緊緊的追著她，他愈追得快，她也愈走得快，無論如何追不上，最後看見他的哥哥裸體的從森林裡跑出來，馨兒給他哥哥抱進森林中去了。他夢見馨兒和他的哥哥都赤身露體的，臂攬臂的在森林中跳舞。他又夢見馨兒裸體的披著長髮笑著向他招手。

「淫婦！無恥的淫婦！」

「呃……」

火鏟掉在地上面的音響把吉軒驚醒了。他翻轉身來看見馨兒站在他榻邊的火盆前。火盆中滿燒了紅炭，冰冷的書房中的空氣急增了溫度。暖和起來了。吉軒看見了馨兒。仍翻身過去。

「吉哥！他們還沒有起來，你能夠容我說兩句話嗎？」馨兒顫聲的說。

「……」

「你只一個人心裡憤恨。你的憤恨不單旁邊的人看見要笑話，也怕你一個人憤恨出病來。」

「……」

「一切都是我錯了。我該死的。但是……但是，吉哥……我望你原諒我，不，望你恕我的罪！也望你不要因為我——一個無聊的女人——苦壞……」馨兒的聲音噤住了，她的雙行熱淚撲撲簌簌的滾流在一對蒼白的頰上。

「無聊的話不要說了！快滾出去！」

「你總是一個人在苦惱！」馨兒拾起地上的火鐮低著頭出去了。吉軒翻過來目送她出去後也流了些眼淚。

「——啊！我錯了！我輕輕的把機會錯過了！我捨不得她，無論如何捨不得她！她的倩影早深深的埋藏在我的心坎裡了！要我捨去她，除非把我這顆心臟摘了去，除非我死了！我該把她抱著，我該和她接吻；事實上雖然是我的嫂嫂，但精神上是我的情人，我盡有權力把她擁抱，和她接吻！是的，我渴望著和她擁抱，和她接吻！我要，告訴她我如何的愛她，別後四年間如何的思念她。我也要罵她不能履行我們的密約，不該給我這個致命的失望。是的，我真恨她，恨不得把她咬碎成一塊一塊的，後又把這些一塊一塊的肉吞下去。啊！我不該趕她出去的！」吉軒睡在被窩裡忽然的周身漲熱起來，深悔不該把馨兒趕了出去。

「不，我不能對她示弱的！她害得我太厲害了！她向我的心坎上給了一個致命傷！我再不能向她講和！我要對她復仇。為復仇起見，我要輕賤她，恥辱她！」吉軒到後來覺得對馨兒是不能不復仇的。復仇的方法是此後不理馨兒，不和馨兒說話。

這裡要補述明軒的職業了。明軒自他父親逝後就來往南洋婆羅洲的本甸那埠作行商。一年之中往復兩次，二月間去，六月間回來，八月間再去，十一月間又回來。

正月的元宵佳節過了後，吉軒搬到城裡的中學校去了。明軒也整理行裝待和村裡的南洋客一同到婆羅洲去。吉軒搬往城裡去後整個月沒有回來家中一次。望他回來的不單是他的母親，還有妹妹鵑兒和嫂嫂馨兒。自明軒動身往南洋去後，吉軒的母親要他每星期六回來看她們一次。

吉軒回家來快滿兩個月了，他對馨兒還沒有說過話。從前很擔心吉軒回來會和馨兒太親近的，現在反勸吉軒要隨和些和馨兒多說些話，不要太給她難過了。

「她實在也可憐。這樣肥滿的人一年間就消瘦成這個樣子了。」吉軒的母親嘆息著對吉軒說。

「她不是不在家嗎？」吉軒回家來半天了，沒有看見馨兒的影子。

「帶興姪兒到她的叔父家裡去了。」鵑兒接著說。

「是不是住在T溫泉地方的嗎？」

「是的。那年隆兒的母親病得厲害，禮拜堂的洋醫生勸你的哥哥要帶她去溫泉地方轉地療養。那時候我不該叫馨兒跟他們去看護她的。」吉軒的母親說了後嘆了一口氣。

……原來馨兒是在T溫泉受了哥哥的性的誘惑失掉了她的處女的貞操！……吉軒一個人在虛描他的哥哥和馨兒相會時的情況。嫂嫂睡在溫泉旅館樓上的房裡。馨兒收拾好了後一個人到溫泉裡去洗澡。哥哥偷著下去！乘她的不備，闖進浴房裡去看她的裸體美——看她，逼她，抱她吻她……

第二星期的星期六下午吉軒回到家裡來時，只有馨兒和老媽子出來接他。

「母親呢？」吉軒半向馨兒，半向老媽子問。

「帶他們到觀音宮祈福去了。」馨兒笑著答應他。但他像沒聽見的回書房裡去了。

他在書房坐了一忽，馨兒送茶到房裡來。

「你還在惱我嗎？」馨兒很大膽的走近吉軒坐的椅邊來。「一句話也不說，只是一個人在懊惱，懊惱到什麼時候！你想說的話，只管說出來。」馨兒笑著說。

「你莫在這裡胡說了！我沒有話對你說！」吉軒惱著說，揮手叫她出去。

「有的！有話對我說的！你的臉色告訴我知道了。」馨兒還是在笑著。「兩個多月了，也難為你忍耐得住。」

「出去！請你出去！不要再胡說了！」

「你沒得話對我說，你為什麼你哥哥在家時，每晚上站在我們的窗外？」馨兒笑出聲來了。

「……」吉軒臉紅紅的呆視著窗扉上的彩色玻璃。吉軒的弱點給馨兒痛痛的下了一刺。

她這一笑多麼可愛而又可恨！

四

五月二十三日由縣城開往海口的最後列車下午四點鐘由縣城出發，預算五點半鐘就可以到海口。二等車廂裡有一位青年和一個抱著二三歲的小孩兒的年輕女人並肩的坐著。女人袒著胸在餵乳給她的小孩兒吃。青年是吉軒，女人無庸說是馨兒了。前天她接到她的丈夫從婆羅洲來信說，他現在南自立的開了一間店子，不再做行商了。她因明軒不回來，就要吉軒送她到本甸那埠去。今天他們正在赴婆羅洲的途中。

「吉叔，你到海口後要到你的朋友家裡去嗎？」

「是的。」吉軒點點頭。

「你不在旅館裡歇息？」

「不，我明天再來旅館裡一同到洋船上去。」

「船票和護照呢？」

「我今晚上可以把它弄妥。昨天有了電報給他們，是準備好了的。」

他們正說話間，火車的速度突然的慢了起來，車中的搭客都站起來異常混亂的。他們說已經到海口來了。

吉軒送馨兒進了一家旅館後，就馬上出去到交涉司署領取護照。吉軒由交涉司署回到旅館來時，已經是九點多鐘了。

「老爺，你出去後，太太說腹痛，她在盼望你回來呢。」旅館的僕歐接著吉軒引他到三樓馨兒住的房裡來。吉軒雙頰赤熱的跟了僕歐到三樓上來。

小孩子早睡了。初夏的天氣，氣溫比較的高，馨兒只穿一件淡紅色的貼肉襯衣懶懶的躺在一張梳化椅上。她像才餵了乳，淡紅色的乳嘴和凝脂般的乳房尚微微的露出來。襯衣太短了些，吉軒看得見她的褲頭和褲帶。她看見吉軒進來了，隻手按在横腹部，蹙著雙眉。

「若不是，若不是……我要把她擁抱！是的，我早就渴望著和她擁抱！……但是，此刻可不行了，我萬不能示弱於她！」馨兒今晚上的姿態是對吉軒的一種很危險的誘惑，引起了長期間內潛伏在他的身體裡面的一種狂熱的慾望。但倫理觀念逼著他把這種慾望鎮壓著。

「回來了嗎？太晚了！」馨兒望著他嘆了口氣。

「你說晚嗎？我還要出去呢。」吉軒坐在一張椅子上，不敢正視馨兒。

「出去？」

「是的。到朋友家裡去。」

「明天去吧。下午才開船呢。護照和船票怎麼樣？」

「護照要送給英國領事簽字，明天才領得出。領出了護照買船票去。」

「護照裡面如何的填寫呢？」馨兒含笑問吉軒。

「……」吉軒臉紅紅的不開口。

「是嗎？我的話不會錯的！你總固執己見的不相信。」馨兒在笑著誇示她的勝利。

「交涉司署那邊說要這樣的填寫，到那邊上岸時少受些盤詰。」

「是嗎？旅館的司事拿住客名簿來時。幸得我叫他填妥了。」

「怎麼填法？」吉軒心裡是希望著照馨兒所主張的填寫，因為這種填寫法能使他生一種不可名狀的快感。但他同時又輕蔑他自己的無恥。

「說你是興兒的爸爸就是了。」馨兒說了後也免不得臉紅紅的對吉軒嫣然的一笑。

「……」極端的興奮了的精神在吉軒身體內部引起了一種熱醉的快感。他忍不住望了一望馨兒的微泛桃花的白臉，露出襟外的乳房，腰部，腿部，沒有一處不顯出她的女性美的。他到此時不轉睛的望著馨兒。馨兒的雙目卻注視著地面不敢望吉軒。

今晚上馨兒莫名其妙，覺得自己生理上起了變化，有意的要劫著吉軒，要他犯罪。她希望吉軒和她肉體的接觸的理由不消說第一吉軒是她的情人——可以說是她的未婚夫。她對吉軒的身體以為除自己之外，不許其他的女性享有的。第二個理由是吉軒還是童貞之身，引起了她的好奇心。馨兒是沒有和童貞接觸的經驗的。她不許自己以外的女性有破吉軒的童貞的權利。同時她覺得一把機會錯過了，吉軒的童貞非讓給自身以外的女性不可了；她想及這一點，她感著一種嫉妒。第三個理由是她對於完全成熟了的肉體所有者的吉軒禁不住生了一種羨慕，同時又想劫他，使他犯罪，把他所持的堅苦的倫理觀念打破。

「把她緊緊的擁抱吧！和她接吻吧！和她……啊！這是多麼歡快的事！不，不行！她那身體曾經我哥哥抱過了的！她那紅唇曾經我哥哥吻過了的！她那舌尖曾經我哥哥吮過了的！我不能，絕不能抱她，絕不能吻她！」亂倫的念頭在吉軒的心頭上起了幾次，但他想及處女的貞操喪失在自己哥哥的手上的馨兒的肉身是不潔的了，和這不潔的肉身接觸是一種罪惡，也是對自己的精神的一種侮辱。他最後站了起來要去。

「你真的要到朋友家裡去歇息嗎？」馨兒從梳化椅上坐起來，走至門首不放吉軒出去。「吉哥！你真殘酷，你是我的暴君！你虐待我要虐待至什麼時候？我犯了什麼不可赦的罪惡？吉哥，你坐下來，我慢慢的告訴你吧。」馨兒一面說一面把門關上加了鎖，把鑰匙納進自己的貼肉的衣袋裡。她仍回到梳化椅子上坐下。

「不行，我要去！我非去不可！快把鑰匙給我。」

「你自己撿去，你向我的衣袋裡撿去就是了。」馨兒倒臥在梳化椅上笑著說。

就算她不抵抗，要從她的肩脅下伸手進去，要觸著她的乳房，要觸著她的腹部；這是何等危險的事！是的，我絕不理她，我絕不能犯罪！吉軒只痴坐在一把椅子上。

「你恨我的理由，你惱我的理由無非是說我不把這個身體留給你，但我之失身並不是我的罪過。這個完全是你的不良的哥哥做出來的，我何嘗知道。在溫泉旅館的那晚上，大嫂嫂早睡了，你哥哥過我房裡來，他給了一盅補藥酒我吃。我當時那裡知道他的惡意——他後來對我說，那天下午他偷看了我在溫泉裡洗澡，才幹出這樣事來——等我醒來時，我這身體已經是後悔無及的身體了。我失身之後，我早想自殺；但我又想，我一定要再見你一面，把我的委曲告訴你之後，我才肯死。可憐興兒生下來後，我再無勇氣自殺了！但我還是抱定宗旨非把我的苦情向你申訴不可，因為你是我的唯一的知己！是的，在這世界上的唯一的知己！你是我的愛人，你是我的精神上的丈夫！吉哥，我沒有做精神上對你不住的事，我的心時常都是跟向你那邊去的，我的心的鼓動是和你的同振幅，同波長。吉哥，你是不是恨我當我失身的那晚上不能即行自殺？不錯，我也常自後悔那時候無勇氣自殺，但是，吉哥，假使我當日自殺了時，我的冤抑有誰知道？因為我沒有自殺，你便不能恢復對我的愛嗎？我對你的精神的貞操是很純潔的！我睡在你哥哥的腕上時是完全一副死屍。他也只當我是他的發泄性慾的器具，何曾有愛！吉哥，你對我的精神的愛的要求，我問心無愧！你對我的肉身的要求，則我此身尚在，我可以自由處分，不算你的罪過，也不能算我的罪過。我們間的戀愛既達了最高潮，若不得肉身的交際，那麼所謂戀愛也不過一種苦悶；我們倆只有窒息而死罷了。吉哥，你還在躊躇嗎？」馨兒說了後，兩行淚珠由眼睛裡滾下來。她含著淚伸開雙臂待吉軒投進她懷裡來。吉軒也仰視著電燈眼睛裡珠光燦爛的。

五

本甸那埠的公園後有座小洋樓，傍晚在樓上憑欄眺望，可以看得見南國的海面落日的佳景。馨兒站在騎樓上，無心注意落日的晚景，她只俯瞰著馬路上來往的行人。

「媽！電燈亮了，快要吃晚飯了。」一個三四歲的小孩兒從裡面跑出騎樓上來，扯著他的母親的衣角要她進去。

「還不來呢！」馨兒嘆了口氣。

「誰，媽媽？爸爸嗎？是的。爸爸許久不見來。」

「誰要你的爸爸來！」馨兒翻過頭來叱小孩子。她伸出手來把腕錶一看，「已經是六點半鐘了，怎的還不見來。」她對自己低聲的說了後，又嘆了一口氣。一輛人力車從左邊那條街道飛跑出來。在馨兒住的洋樓下停住了。從車上下來的是個西裝的少年。馨兒從樓上望見他時，她許久不情願給人看的兩列珍珠般的齒終露出來了。

「太太，二爺來了。」老媽子進來告訴馨兒，來的是吉軒。她報告了後，隨即下樓去，臉上呈一種輕賤馨兒的表象。

吉軒走進樓上馨兒的房裡來時，滿額都是汗了，他忙從褲袋裡取出一條白汗巾來。他待要拭時，馨兒早把它搶了過來替他拭。她的雙腕卻加在他的肩上把他的頸攬著，伸嘴要求他接吻。吉軒笑著忙翻過臉去拒絕她。

「怎麼？怎麼只一個星期你的態度就變了？」馨兒也笑著問他。「那麼，你哥哥的話並不是撒謊了。哈，哈，哈哈。」她說到最後的一句很不自然的笑起來。

「什麼話？他什麼時候到了這裡來？他說了些什麼話？他昨晚上在這裡歇夜嗎？」吉軒聽了她的話，感著羞恥也感著嫉妒。但只一瞬間後他又覺得無羞恥的必要，也無嫉妒的必要。

「你急什麼喲？你怕什麼喲？我不干涉你，他還能干涉我嗎？哈，哈，哈哈！」馨兒說了後仰首大笑，但她的眼睛裡卻滿蓄著淚珠兒。她笑了後跑近廳中心的圓臺，從菸盒裡揀了兩枝三炮臺，給一枝吉軒，自己口裡銜一枝，擦亮一根洋火把菸燒著拚命的吸。馨兒自來本甸那埠後很自暴自棄的，拚命吸菸，也拚命喝酒。

「馨兒，我不懂你的話。你要干涉我什麼事？」吉軒臉紅紅的反問馨兒。

「我今天才知道處女的真價！我今天才知道處女是個寶貴的東西！失掉了處女的特徵的女人是不值錢的了！」馨兒說了後嘆了口氣，雙行淚珠也跟著滾了出來。

「……」

「吉哥，恭喜你，恭喜你新訂了婚約。」

「什麼話？我和誰訂了婚約。」吉軒臉紅紅的一面說，一面拭去額上的汗珠。

「你還是老老實實對我招了罷！何必鬼鬼祟祟的！我本不難破壞你的婚約；但是，吉哥，我絕不是這種人，你放心吧！我縱能占有你的身而不能占有你的心，你就每天在我的肩側也是索然！我早就知你有今日。我後悔不該有海口那一晚上的事了。我若永不許你接觸我的肉身，你對我的戀慕或可長存。今呢，一切的祕密都給你知道了，你對我的肉身的虐待也不少了。你對我的要求都達了目的——除你不能在我的身上發見處女的特徵以外，你都達了目的了！我因為對你不住，我對你的要求不論其為精神的或肉體的——一切都曲己的容納。誰知這兩件——我不是處女和容納你的任意的要求，這兩件就是使你日後厭棄我的最大原因！」

「……」吉軒只臉紅紅的低著頭。

「我們三個——我，你和你哥哥——都是和兩個異性生關係。你哥哥在這裡得了那個猶太人的婆娘後就把我鎖在這座小洋樓的冷宮裡。我也樂得住這個冷宮，因為我得有機會和你幽會。你呢，愛上了你的女學生，也漸漸的把我忘了！哈，哈，哈哈！這真可以說是因果報應！」馨兒說了後把條白汗巾覆在她的眼睛上。

「沒有的事！沒有的事！誰在你跟前說謊！？」吉軒急得一頭一臉都是汗了。

「你能發誓嗎？哈，哈，哈哈！」馨兒一面揩淚，一面笑。

「我可以發誓！」

「用不著發誓喲！你真的沒有和別的女人訂婚，那麼你能跟我離開本甸那，同到他埠——或印度，或緬甸——去嗎？」

「……」吉軒在躊躇著。

「是嗎？給我一試就試出來了。哈，哈，哈哈！快把你們——你和你的女生的風流佳話說給我聽，我要像你般的創作一篇小說出來。」

「沒有的事，你要逼著我說謊，我也沒有法子。你還逼著我，我只好走了。」吉軒說了後站了起來。

「你和程丹蘋女士訂了婚約，我早聽見了！吉哥，我無權力！也無能力阻止你和程女士結婚！不過我和你還有一筆糊塗帳沒有算清楚！你今晚上是走不得的，我有一件事非告訴你不可……」馨兒待往下說，但無力支持了，她伏在案上哭了，她的雙肩抽縮得厲害。今晚上的馨兒由吉軒的眼光看來，像蛇蠍般的毒婦。

「我所懷疑的真成了事實嗎？，不，不會的，她是想利用這個題目來和我為難的，利用這個題目來破壞我和程女士的婚約的！作算有這回事，這個責任該是我哥哥負的！她明知是我哥哥應負的責任，故意的推到我身上來，叫社會攻擊我，破壞我和程女士的正式的婚約。這明明是毒婦的計策！」吉軒今晚上特別的厭恨馨兒了。

「聽說哥哥不常到她這裡來，那麼這責任還是非我負不可了！真的給社會知道了，我的名譽就要破產，程女士也必然向我宣告破約。我還是快一點和程女士成婚的好，唯有一個方法能免這毒婦的謀陷，就是偷偷的早日和程女士成婚。」吉軒心裡一面稱讚自己足智多謀，一面輕蔑自己的無恥。

「你太卑鄙了！世界上最無恥之徒要算是你了！你表面上在你嫂嫂跟前表示你對你的哥哥懷有一種嫉妒，求她滿足你的獸慾，但你心裡卻望你哥哥能常到你嫂嫂那邊去歇夜以卸你日後對她應負的責任！你這種思想是何等的卑鄙喲！你真是個無廉恥的怯懦漢！」吉軒胡亂的思索了一會後，精神略清醒了些，良心馬上跑出來詰責他。

他覺得她太可憐了！她並未曾經過異性的真正的愛護，她也未曾享受過夫妻間的純潔的精神上之幸福。她委實太可憐了。他愈覺得她可憐，她的肉體愈能引起他的一種強烈的慾望，他對她的肉體的虐待像任何時都不能中止。他對她的虐待就像中國現代的軍隊一樣的殘酷無人道，專以殺戮貧弱的百姓為能事。

他今晚上還是繼續著和她擁抱，和她接吻，和她……她睡在他懷裡時告知他，她胚蓄了他的種子滿三個月了。

「他沒有到你這裡來歇夜嗎？」無責任的卑鄙的思想逼著他對她——待他最誠懇的女性——懷疑。

「我絕不勉強你負責任，這個責任——不知生身父為誰的嬰兒的撫養——是該我負的！你不用擔心。」馨兒的眼淚像新開泉一般的把吉軒的衣袖溼透了。

「……」無恥的吉軒只摟著她接吻。

「你哥哥也來了幾次，想在這裡歇夜，但都給我拒絕了。他怕我跑到那個猶太人的婆娘那邊泄破了他的蹩腳，所以每次來坐了一會，都敢怒而不敢言的回去了。昨天他來了——他像知道了我們的祕密並且嫉妒你到我這裡來——他說，有人在外邊說我們的壞話，囑我要自重些，留神些，不要累及他的兄弟，因為他的兄弟是教育界中人要名譽的，況且不久又要和有名望的家門的小姐結婚。最後他再三叮囑我不要再蠱惑你，破了你和程女士的婚約。吉哥，你看，他們明知道我們的關係，但他們把這種罪惡都歸到我一個人身上，只叫我一個人負擔。我對你哥哥說，『我也和你一樣的希望他能和程女士早日成婚！』吉哥你可以放心了，你快把你和程女士的情史告訴我，我很喜歡……聽呢！」馨兒說到這裡禁不住哭了。

吉軒今晚上雖然摟著馨兒，但在他眼前幻現出來的女性並不是馨兒的面影，他心裡所描繪的是單根辮子——黑漆般的頭髮編成的單根辮子，滿月般的臉兒，熟蘋果般的雙頰，樸素的女學生的裝束——白竹紗上衣，黑羽紗裙，天青色的絲襪和尖小的黑皮靴。

馨兒幾次想把自己和吉軒的曖昧的關係向程女士宣布，但她知道吉軒的心漸漸的離開她了。再過了兩個月馨兒忍住眼淚趕出海岸的碼頭上來送吉軒和程女士回國度蜜月去。輪船「西安」是她和吉軒來本甸那埠時所搭過的。他們來時是搭二等船室；現在吉軒和程女士卻占了頭等船室。馨兒在頭等船樓上俯瞰著二等的船室，止不住眼淚雙流。她和吉軒並坐的籐椅子還是一樣的擺在二等船室的樓上，他們躺過了的帆布床也依然的擺在二等船室的樓上；只是人呢？……

汽笛鳴了兩次。

「祝你們前途幸福！」馨兒說了後，哭出聲來了。吉軒只臉紅紅的低著頭，幸得程女士沒有瞎猜，她只當馨兒是自哭命薄。

「祝嫂嫂的健康！」程女士臉紅紅的說了這一句。

汽笛又鳴了一次，船室裡混亂起來。吉軒知道馨兒在熱望著和他握手，接吻；他怕她，遠遠的離開她。

馨兒站在碼頭上望著「西安」慢慢的蠕動，她同時感著一種絕望。她的眼前是一片黑暗。

「我所受的苦悶就是用情真摯者應得的報酬嗎？勝利是終歸於虛偽的戀愛者！」馨兒清醒時像發見了一條原理，不住的嘆息。

晒禾灘畔的月夜

曬禾灘畔的月夜

一

R君！我有了自己固有的意識和主張時，我這身體已經沒有生存的價值，精神上和肉體上早被腐蝕完了的身體了。到了今天就痛哭——一個人痛哭——也無益了；一個人苦悶也苦悶不出什麼來了。女性的最寶貴的花的時代——處女時代——在無意識的期間中就匆匆的流去了。我思念到我那永不復返的處女時代，我差不多像狂了般的，我的胸部也像要碎裂了般的悲痛！我這不幸的運命——悲劇的運命不知不覺間就給他們殘酷的決定了！一生涯只一回的處女之娉，不能認真的經驗、盡情的享受，在陰影中不知不識間就凋落了。像我這樣不幸的女子，在這世中還有第二個麼。

R君！像一個重寶——價值連城的古瓷瓶，因我的疏忽，因我的不注意失手打破了；我還可以承認負擔打破了這古磁器的罪。但這重寶的古磁器明明是他們打破了的，偏要賴我，把打破了的罪推到我身上來。我只垂著眼淚，悔恨地、痛心地兩手握著磁器的碎片。明知再無縫合這些碎片、恢復原有古瓷瓶的可能的方法，但也還夢想著或有能夠縫合這些碎片的仙術的我的悲痛，你也不難想像而知了。R君，我這病身就像那古瓷瓶的碎片了！不，比那古瓷瓶的碎片還要可憐了！

R君！我深信你是個會可憐我的人，會對我這落漠之身抱同情的人。但我同時又相信你定會嘲笑我，「到此時還有什麼話說，說也無用了。過了端陽節的菖蒲是沒有價值的了。」不獨你會嘲笑我，連我也嘲笑自己。我對你寫了這一段哀訴後，思念到我這個在生活上疲倦了的再無可救的淪落之身，我覺得只有一種絕望——意識了的，預期著的絕望，把我的由極度的興奮發出來的對你的哀訴取消了——向熱背上澆了一盆冷水般的取消了。我只感著冷寂的微笑自嘲的在我的沒有血氣的蒼白的臉上浮泛出來。

R君你也是個罪人！你聽見了我說這一句，你定會驚異起來說，「為什麼呢？我？……」

R君，你不要急，你聽我說下去好嗎？

讓我追憶我們的過去吧。

R君，你不要不耐煩，你不要蹙著眉根，你不要作苦澀的表情，你要正正經經的聽我說下去。

我們的歷史——或許說是純潔的戀愛的歷史——的出發點還是我們的故鄉——現

晒禾灘畔的月夜

在距我們千多里路的故鄉。思念到我們的故鄉——風景清麗，民俗純樸的故鄉，可惜現在給軍閥蹂躪到青草不長的故鄉；我又不知涕淚之何從了！

好好的想追憶我們的甜蜜蜜的過去的戀愛，忽然又悲哭起故鄉來了。R君，你定會說我是患了神經病，不說我患了神經病也要說我患了歇斯底里症；你怕會不正經的聽我的話了吧。但我要求你——我只有這個最後的要求——望你犧牲三兩個時辰忍耐著聽我說下去吧。我所說的話無論如何繁蕪，無論如何語無倫次，我只望你忍耐著聽下去！把我最後想說的話聽下去。

二

在我的花蕊時代使我感知愛的滋味的是你。在生理上發育了的，有了性的覺醒的女性的煩悶時代，初給我歡愛的情思的也是你。在這無情的世界對我有真的純潔的愛的是你。真心的時時思念我——不懷何等的野心，只在純潔的愛的名義之下思念我的也是你。我對你的這些恩惠和懇意絕不會忘掉，一生涯中絕不會忘掉。

初戀的對象——或者要說是在我這全生涯中的唯一的戀愛的對象，要算是你了。R君！我很想得個機會和你相會，一同追憶，一同談敘我們的純潔的過去；在我們的戀愛的追懷談中一同醉一醉。我這種希望——或可說是慾望——的動機最初是想對我現在的悲慘而虛偽的生涯給與一個唯一的安慰，並且想把在自己的心裡面的深深的一隅還存在著的幾分的純真揭出來給你看，自己也得——明知其無聊——嘗嘗一點既成了空虛的歡愛的滋味。但到後來這種慾望的動機竟大膽的抬起頭來，在長期間內浮沉在無恥的淫蕩生活的裡面的我對你起了一種奢望——或說是焦望妥當些——想由你得一種你未曾給我的一件東西的奢望；我真的幾次想向你伸出我的誘惑之手了。我並非不知道不該懷有這種奢望，但我禁不住要生出這種奢望。真的有了機會時，我真的向你試我的誘惑的手段也說不定；因為我很想能夠讀你的心的底面鐫著的文字………

我聽見你還是獨身生活——這或許是我對你想下誘惑手段的一個原因，——思念到你的孤寂的悲哀，我很悲切，很苦悶，悲切得苦悶得無以自遣。我覺得你的孤寂的悲哀全是我作成的，我真想一刻走千里的來慰你，伏在你的胸膛上來親暱你，安慰你。但是……

我對一切異性——所有在我周圍的異性——都用猜疑的恨惡的眼，仇視他們。只有你——正直的，意志堅強的，寡言的你在我眼睛裡始終沒有變化的，始終是我的唯一的愛的對象。但不知你的眼，你的瞳子，初見我時燃燒著情熱的眼，溼潤的不住地流動的圓黑的瞳子還能和舊日一樣的注視我嗎？你那對眼，那對瞳子在我們初對面時不是把不能用言語表示的神祕的東西使我直感出來了麼！是的，你那對眼，那對瞳子還是因時期而變化其情態的。當你聽見我對你表示訣別，你那對眼，那對瞳子很悲恨的凝望著我時，閃出一種淒冷的絕望的光來。我若有機會見你時，你那對眼，那對瞳子又會另發出一種光來凝望我吧。

「他真的能原宥我嗎？」我常暗地裡問自己。R君，你明知我力弱，無能抵抗惡魔的脅迫，還不原宥我，這就是你的罪了！但我還有餘暇計論這些嗎？還有資格責問你的罪過嗎？

我的過去的追憶要一度深一度展開了。我還記得你對我說，「蕙妹，像這樣的青春的時代絕不會再來了。蕙妹，你不知道青春是不會再來的麼，尤其是我們還在學生時代，正當把這個不來的青春慢慢的享受過去——有意義的享受過去。要這樣純潔的享受過去。不要潦草的急促的混過去了！蕙妹，你急什麼？我們要把在前途等候著我們的幸福很慎重的慢慢地養成。」你說了後還小孩子般的笑著。你的話雖然不錯——這也許是你的一個罪過——但女性的環境，尤其是在我們故鄉的環境是不像男性的那麼簡單。

三

秋快來了，悲壯的秋在我們青年的心裡起了反響。雖然天高氣爽，但我終日都是悶沉沉的。暑假過了，想你也快要來C城了。從前幾次和你會面時都想把重要的話對你說，但站在你面前，我又很羞怯的顫慄著起了一種自責之念，把話題的中心忘記了。別了後又起了一種後悔，一定堅決地對自己說，「下一次會見時，非說不可了！」但再回顧到圍繞著我的病身的可怖的暗影，我禁不住要顫慄，要煩悶，終於昏倒了。

R君！晒禾灘畔的月夜你還記得起吧！

夏的月夜，涼快的南風時向站在梅江堤畔的我們拂來。在江心閃焯發光的月碎成幾塊了。一艘帆船由下流逆駛上來。江水太淺了，舟子捨舟而陸，用纜索繫著船首，沿著河堤把船拉駛上去。流水擊著船頭，向兩側發散的白色水花在月色之下分外的美麗。肩上掛著纜索，傴僂著沿堤而行的舟子們在一歌一和的唱著山歌。他們唱的山歌你還記得嗎？我還記得呢。他們唱的不是這幾著嗎？

「底事頻來夢裡游，因有情妹在心頭。旱田六月仍無雨，溪水無心只自流。」

「妹住梅州烏石岩，郎家灘北妹灘南，搖船上灘不用楫，搖船下灘不用帆。」

「郎似楊花不住飛，與郎分手牽郎衣。山高樹綠郎門遠，唯見郎從夢裡歸。」

「半是無情半有情，要將心跡話分明。傷心妹是無情草，亂生溪畔礙人行。」

我痴望著美麗的絕景，痴聽著淒切的歌聲，過江的涼風在蘆葦叢中索索地作響，我的肌膚感著點微寒，我的神經衰弱，敵不住這樣悲寂的景色。我終於哭出來了——伏在你的胸上哭出來了。「為什麼！？傷心什麼！？蕙妹！？」你不是摩撫著我的背這樣的安慰我嗎？啊！R君！晒禾灘畔是我們的傷心地，也是我們的紀念地！我思念到我們故鄉的可愛的晒禾灘而不能回去看它，我禁不住狂哭起來了。

你說了後，我住了哭。萬籟無聲的。我從你的胸上站起來，拭乾了眼淚抬起頭來望你時，你的臉的全部恰好浴在月光裡面了。你那青白的臉給了我不少的悲寂之感。

我們互相痴望著站了一會，夜像深了。我不是先對你破了沉默嗎？「夜深了，我們回去吧！」你也說，「回去吧！」

我們一先一後的沿著草徑向我們的小村裡去。拂著我們的腳的草像滿裝了露水了。

我們在途中還有一段的會話，讓我追憶這個黃金時代的我們間的會話吧。過去的戀愛的追憶對現在的孤寂給了不少的安慰。

「蕙妹，你心裡難過嗎？」

「是的，我因為心裡難過，才約你到這裡來散散心。誰知道灘前的淒涼的景色愈使我心裡難過了。」我說了後，又哭出來了。

「你何必這樣傷心的！你的學校本來辦得不好，不畢業也不算什麼。你在家裡研究，教你的弟妹們，我想比到縣城裡去混的好些。你父親或者也是聽見你進的那間學校不好，所以不給你繼續讀下去了。」

我不該隱瞞你的。我不該把我的悲楚的原因推到「廢學」上去來騙你。我聽見你主張不忙成婚，還要到南京進大學去時，我的希望——我的掩醜的計劃——登時給一大鐵錘打擊得粉碎了。我完全的絕望了。你那晚上怕夢想不到我這身體不能等候你到大學畢業後的身體了。那晚上的我的身體已經不是純白的身體，早受了外表蒙著「教育家」的皮殼，其實是個野獸般的惡漢的蹂躪了——處女性早給那個偽教育家蹂躪了。

這個偽教育家是誰，你是當然知道了的。他是你的好友，今年春舉行學校開學禮時要我們三呼「女子教育萬歲」的我們學校的教務長。

四

讓我們把我們的戀愛史再上溯一章吧。

×年前的雙十節我才認識你。你在H中學，我在M女中學，我們學校間的距離很短小。你和幾位同學來參觀我們學校的成績展覽。你向你的朋友稱讚我寫的字，稱讚我作的口語文，稱讚我的西洋油畫，稱讚我的刺繡品。你最後還笑向你的朋友說，「成績要算第一了，不知人怎麼樣。也怕是個beauty吧。」你當時那裡知道我正站在旁邊做糾儀員——是的，你來的時候，恰輪著我當糾儀員。我的女友聽見了笑向著我想說什麼似的，我臉紅紅的忍著笑，給她個目示，禁止她說出來。那時候，你那對眼，那對黑瞳子——有神祕的媚力的眼，有魅惑女性的瞳子忽然的向著我凝視，給了我一個永不能打消的深刻的印象。這個印象——你的英偉的面影——嗣後無一刻不壓迫著我做你的精神上的奴隸。

你是穿著長衫來的，你沒有穿制服，我不知道你是那一間中學校的學生。那天晚上你又來了，穿著制服來了，我在幕後偷望了你一會，我知道你是H中學學生了。

那晚上的演劇我是扮葡萄仙子。我出場時，看見你從後列跑到前列的座位上來。我唱著歌望你，我跳著舞望你。我的心境從來沒有那晚上般的快樂的。我幾次望著你微笑。你後對我說，你不覺得我是專對你微笑。你雖不覺得我是專對你微笑，但有人的確知道我是專對你微笑，在嫉妒你呢。

恨只恨你太多寄信給我了，引起了他的不少的嫉妒和反感。他睨視我久了，他早當我是他的爪下的羔羊了。

翌年的春，你說要到京師去進學。你知道我聽見你要遠離開我的時候的悲傷和煩悶嗎？我傷心的是我不能正式的會你，一訴衷曲。我傷心的是此後填塞在我心裡的哀愁無從申訴。但我又何能不一面你任你去呢？利用迎春節的盛會，我不能不暗地里約你到東郊外去。

東郊的春的曠野上早集聚了不少的人。我在動搖著和雜鬧著人叢中東張西望的想發見你的影子。

他們是何等歡樂的！平日很蕭條的滿敷著枯草的東郊，到今天的迎春節，成了個陶醉的世界了！他們裡面有叫號的，有跳躍的。有咬甘蔗的，有剝紅橘皮的。在歡樂陶醉中的他們那裡知道我今天的悲楚！

我發見了你了。我們慢慢的離開了嘈雜的人叢，同到關王廟後的幽靜的桑田旁邊來。下了幾天霪雨，今天才見柔和的陽光投射到我們大地上來。麥田裡青嫩的麥葉在陽光之下受著和暢的春風的吹拂。遠遠的望著雨後呈黛色的山和山下幾家門首貼的鮮紅的春聯，我們的心和魂都像脫離了自己的身軀，消融在春光裡面去了。那時候的春的陶醉的情景，你還記得吧。

我們倆痴痴的站了一會，領略領略春的滋味。他們的鑼鼓的喧音驚破了我們的春夢。我思念到你不久就要遠離這個風光明媚的家鄉，我替你心痛達極度了。

「夢般的。」

「真的，夢般的！」

我們只各說了一句，同時各人的胸上都深深地雕刻了「青春之夢」四個字。

在這迎春節，你教了我如何的表示愛的方式——熱烈的擁抱和接吻！

自你去後，我住在寄宿舍裡亡魂失魄般的，一個多月沒有理及校課。你還記得吧，我寫那封信——你去後報告我的近狀給你的那封信——時，不知流了多少眼淚。那時候我雖然悲痛，但比現在的我就幸福得多了；因為那時候的我對你還抱著絕大的希望。現在的我呢?獨自的把自己禁鎖在一家破爛的房子裡，沒有待望的人，也沒有人待望我;我的心就像廢墟般的幽暗和冷寂。

五

自你去後，一個多月，雖是青春之日，但我還是很煩惱的度過去了。校課一點沒有整理，大受了他的責罵，利用教務長的名義來懲責我。他那對銳利的眼睛早觀察出來了我的煩惱完全是由你而起，他忿恨極了，嫉妒極了。我再沒有方法逃避像蛇般的惡毒而固執的他了。

我半因經不住他的利用學校制裁的窘迫——你給我一封信落在他手裡去了。他利用那封信來要挾我——和性的屈服，我終降服他了。我因為你那封信，不得不聽他的命令到他寓裡去，那晚上……不說了罷，你是知道了的。重提起來真令人痛恨！總之我在那晚上——夏始春餘的那晚上——我的身體交給他，由他自由的處置了。到了第二天的我已經是失了處女之姱的了。

那年暑假，你歸回來了。我們相約了在晒禾灘畔密會了幾次。你始終固執己見，不受我的哀願和誘惑，我於是絕望了，由絕望而自暴自棄了。

那年冬的雙十節，我再登場演葡萄仙子。我出來只唱了一兩首歌，觀眾盡拍掌的喝采。我望一望臺下，男女學生的人叢中還雜有許多軍人。今年雙十節較之去年來我們學校看新劇的人更多了。學校當局很崇拜軍閥，諂媚軍閥——不單我們學校的當局，中國現代的教育家都是諂媚軍閥的，——來賓席裡幾個好席位都給黃衣佩劍的人占據了。去年曾經你坐過的席位也給一個軍人占據著。我在觀眾中不能發見你，我心裡悲酸極了。我想你一個人也怕跟我一樣的很悲寂的度這個國慶節。我一邊唱歌，一邊回憶去年雙十節我和你初會面時的情景，不知不覺的掉下淚來了。心痛到極處時，竟失聲的哭了，歌不成聲了！

利用我的美貌和歌聲和軍閥相交結，諂媚軍閥的他們教育家看見我哭了，忙走上臺來叱責我，叱責我不該無緣無故哭起來，害得臺下的軍長、師長、旅長、團長、營長……大人們不高興。

我一連演了三夜，臺下都擠擁得不堪的。聽說不單駐城的軍官，就連縣長，審判廳長，檢察官，團務委員，教育會長，專會向軍閥叩頭作揖的縣立法機關全體人員和縣行政署裡鼻糞粒一般大的官吏們都無一晚不到場看我扮演葡萄仙子。十日，十一日，十二日，我一連唱了三晚，跳舞了三晚。愛說我的壞話的人在造謠，說他們軍閥和官僚賞了我許多金子。

十三日的下午，他——教務長——寫了一張條子給我，叫我今晚上再發表扮演葡萄仙子。到後來我才聽見是幾個有勢力的軍官對我們的校長下了一道命令，叫我們一班女學生多演一晚給他們看。他們竟當我們是一班女優伶了。

再過個新年，元宵的前幾天，我的父母忽然的向我提起親事來了。他們說，我的歲數已經不小了。他們又說，女兒達十九的年齡也該出閣的了。他們說，做父母最擔心的就是兒女的婚事。他們又說，把我送出閣後，好打算替我的哥哥娶個媳婦回來。他們懇切地勸了我半天。到後來我問他們到底要我嫁給哪一個，他們說，是我們學校的教務長來對我的父母說，他想做個撮合人，介紹我嫁給他的舊日同學，現在在××銀莊當司庫員的K。

R君！人心難測！我的婚姻的提議者不是別人，是我們縣裡頂頂有名的教育家，並且是剝奪了我的處女之媄的他！R君，你想，他的用心是我們意想得到的嗎？我聽了我的父母的話，登時臉色蒼白起來，全身起了一種顫慄。

因為K是銀莊的司庫員，父母絕對的贊同了他的提議。我到這時候，失了我的自由，也再無希望——因為在晒禾灘畔，你未曾允納我的要求，我絕望了——只好聽憑父母作主。自晒禾灘畔回來後，我早有了自暴自棄的思想，所以我也不再拒抗他們對我的希望。當我默認和 K 訂婚時，允諾任他們作弄時，對你的愛更加強烈的甦醒起來。但我終成了一具活屍了。

六

和K成婚的那晚上，我覺得自己像娼婦般的很可恥也很可憐。

循著鄉間的風俗，洞房裡高高的燒著兩枝大紅燭。雖是初春天氣，氣候猶寒，但洞房裡早鬱熱得難堪了。我雙頰緋紅的覺得全身在發火焰。到了吃晚飯的時分，K自己跑了進來，把房裡掛的十多個紅燈裡的小紅燭點亮，房裡的純潔的氧氣更被燃燒乾枯了。K進來時穿一件新製的銀紅色湖縐棉袍子，雙頰緋紅的燃著新郎的氣焰，似笑非笑的趾高氣揚，他像在說，「今天是我最得意的一天，我今天是行加冕式。學生社會間豔名最高的任蕙蘭終歸給我了！」我望見他那種有銅臭的俗不可耐的態度，禁不住厭惡起來。但轉思及自己非處女之身，K還在夢中不知道滿臉給他的朋友塗了泥垢；又很替他可憐，對他抱同情。

他們在前廳宴會——吃新婚酒了。雇來的一班樂鼓手很熱鬧的吹唱著。簫鼓之音和賀客的笑聲混淆著蕩進我的耳朵裡來時，更使我增加一種煩惱。

他們像吃了晚餐了，K帶了一群男性到洞房裡來。不消說是來鬧洞房的了。出我意料的，使我顫慄的就是那位剝奪了我的處女之誇的教育家也敢昂然的跟著他們進來揶揄我，不單揶揄我，竟敢當著我的面侮辱K。

夜闌人靜，K一個人帶點酒意進來。至剛才那瞬間止，我還是K的形式的妻。現在這一瞬間……這一瞬間，我是K的實質的妻了。我思念及此，我只痛哭我的離奇的運命——最可恥的再次失身的運命。我這一身全浸溺在淚海裡去了。

R君，到這時候，我只能聽憑運命之神的處置了，不再作無謂的抵抗了。在我，早無所謂戀愛，無所謂希望。在我，只有悲怨，只有咒恨，只有對異性復讎之一念！

回憶過去，時間像會飛的那樣快，只一瞬間一切現實都成陳跡了；但由數量的說起來，我住K的家裡的期間絕不能說短小，也有兩年餘了。在這兩年餘間，我對他的復讎成功了，他在教育界的名譽破產了，K也因為我和他絕交了，我也因此和K作最後的訣別了。但這些變故都是由他一個人先發難的。

R君，人心難測！他真是個色魔！我和K結婚沒有半年，他的魔手再伸向我的身上來。R君，我不對你說謊，不欺瞞你，我一因K是滿身銅臭，二因我在生理上早做了他的奴隸，三因我對他有宿怨，我想達到我對他復讎的目的；所以我密密地答應他，跟他為二次的犯罪。

我和K中間全無戀愛，無感情。但由死屍般的肉身的結合，我們倆的夫婦關係再也不能否定了。不過我對K失事到如何程度是個問題，K由我得了如何程度的性的滿足也是個問題。K在這兩年餘間，慢說沒有捉到我的心和魂，就連肉的方面也……

K和他的父母不和，不常在家裡歇夜，十天有九天在外面遊蕩，家庭裡的波瀾不曾平靜過一天，陰慘的黑影滿布了他的一家，這是什麼原因呢？這完全是K的過激的性的衝動，不能由我的身上求得滿足，不能不向外發展的緣故。

K知道了我和他的關係時，暴怒著來詰責我。「你們男子天天在外面遊蕩，和許多不認識的女性發生關係，便算得有廉恥嗎？你有什麼資格來責備我？！」我當時把這幾句話來抵塞他。但他說，「這完全是你這淫婦的罪過！你自己逼著我到外面去，還假裝不知道嗎？」K真可憐，他說了後，雙淚直流的。我覺得我對K太殘酷了，在他的精神的生命上給了一個致命傷。R君，你要知道，K和我一樣的可憐。我因愛你而不能達目的，遂自暴自棄的墮落了。K因愛我而不能遂願，也自暴自棄的墮落了。在這時候，我也只能向著K垂淚，再說不出什麼話來。

七

我和Ｋ離婚後，只得回來和父母同住。雖然悲羞，但再沒有方法。父母雖然一樣的恕宥我，疼愛我，但家中早有了嫂嫂，家庭的空氣和從前不同了。最難堪的就是嫂嫂每見著我都是浮著微笑和我說話。這微笑裡面包含有許多意義——輕蔑、誹笑、厭惡及憐憫。

有了嫂嫂以後的哥哥也比從前冷淡了。我本來是寄居在父母的家中，但兄和嫂只當我是寄身他們的籬下。介居在我們中間的父母也想不出完全的調處的方法來。年老的父母只能替我急急的再覓婆家。我在這時候才感知女人是該早和適意的男性組織和暖家庭的必要了。不用看別人，只把嫂嫂和我相比較就好了。

在父母家裡約住了一年——像囚在牢獄裡般的住了一年。這一年間所過的都是憂鬱的日子。到後來像刑期滿了，第二次婚事再由父母提出來了。父母說男人是個×西藥房的撿藥員，每月有十五六元的收入。經濟的力雖趕不上Ｋ，但Ｍ（×西藥房檢藥員的姓）的父母住在鄉下，在生活程度不高的Ｋ城，有十五六元的收入盡夠我們兩人的生活費了。

R君，你要原諒我，原諒我飢不擇食了。我再不能忍耐兄嫂的冷遇了。我早就想一個人逃出來自活，不過不開化的M城的社會實沒有容許女性自由的生活的胸度。

我再婚時——嫁M時，再熱烈地思念你了，深深地祕藏在心底的對你的愛焰再燃燒起來。我想在這世界裡只有你能和我組織和暖的家庭，失掉了你，便失掉了一切。我的一生，身經的不幸可以說是因失掉了你而生的。R君，你也是個罪人！我並沒有說錯。

到了這個時代，女學生時代所有的虛榮和野心早消失了。女學生時代的我的理想早完全的平凡化了。我想能夠平凡的過活已是我的幸福了。但造物還繼續著虐待我，連尋常的一個家庭的主婦都不許我當，也不許我度我平凡的生活。

我嫁M後，家計雖不見豐裕，但夫妻間總算是幸福的了，結褵一年之後，我們做了一個玉人兒般的小孩兒的父母了。M的月薪本來有限，因為生了一個玉般的兒子，狂醉了般的喜歡，彌月時很奢侈的做了兩天喜酒。虛榮的父母太不量力了。M因為生這個小孩兒負了不少的債。A兒（我們的嬰兒的名）抱出來，一切裝束絕不像個月薪十五六元的勞動者的嬰兒。不單A兒，我也逼著M，給了我不少的錢制訂時髦的衣裳。我看M的經濟狀態忽然的從容起來，便問他，「你近來有了什麼意外的收入嗎？這個月的支出超過你的月薪的三四倍了。」M說，「若單靠月薪，能養活你們嗎？告訴你也不要緊，不過你不要向他人說出來。店裡的同事三四個人勾通了軍部裡的一個團長，共做了幾次的鴉片私販，我認了一股，也替他們奔走了不少的路，分了這幾百塊錢。」M說著從衣袋裡取了一束鈔票來。我忙接過來——我看見一束美麗的鈔票，愛得心花怒放的，翻開來看，都是五元的鈔票，約有五六十張。

「有了這樣多錢，你答應我的一件皮襖料該買給我了。我這二三十元的要求不會過分吧。」我媚笑著向M要錢。

R君，你看，我竟變成這樣的女人了。我自己也不知道在什麼時候我竟變成這個樣子了。

M看見我要錢，不遲疑的給了我六張五元的鈔票，只說了一句，「還是一樣的一個女人，看見錢就要的！」在女學生時代的我，聽見這樣的一句話，一定不依的，一定說他是侮辱女性的人格。但現在的我全無女學生的氣焰了，並不當這樣的一句話是侮辱了。

「這樣的祕密生意多幹了不危險嗎？」我很替M擔憂。

「是的，給政府偵察出來時是很危險的。我也不想和他們久幹。但思念到認我為夫的你，認我為父的Ａ兒，沒有得好吃，也沒有得好穿，和近鄰的幾家的主婦和小孩兒比較起來，你心裡怎麼樣我不知道，我心裡是很難過的。我想多幹三兩個月，積蓄得三兩千元後，自己抽身出來另做光明正大的生意也未嘗不好。」這樣的看起來，Ｍ的犯罪完全為妻子了，為我和我們間的Ａ兒了。

「你的話雖不錯，但我想這樣危險的生意，還是早些放手的好。」我最後還是勸他不要犯法。

八

再過了兩個月，我所意識的M的眉間的暗影一天一天的明顯了。他的活潑性一天一天的減少了。他常一個人坐在案前，一句話不說的像在沉思什麼。在我面前常努力著不把他的頹喪的神色給我看。每晚上我和A兒熟睡了後，他還一個人呆坐在書案前，吸著紙菸。他像有什麼不能告人的苦隱，一個人在煩悶。我在這時候由M的不安的眼睛裡得了一個暗示——我的運命還是在不安定的狀態的暗示。到了九月的初旬這個暗示果然實現了。

M從來沒有在外面歇過夜，最遲中夜的十二點或一點一定回來看我和熟睡了的A兒接吻。但九月九日的那晚上，我掙扎著和睡魔抵抗，等他回來，一直等到天亮還不見M的影子。到了第二天的九點多鐘×西藥局的一個藥童才來報告說，M在昨晚上給司法巡警帶往檢察廳去了。我到這時候才知道M不單和一班無賴私販鴉片土並且私用×西藥局的名義向各關係商店騙支了千元以上的金額。

經了刑庭的起訴，再經民庭的判決，結果M被宣告了一年半的有期徒刑。

R君，到這時候，我才知道M是個良善的人。他的犯罪不敗露，我還對他懷疑；他的犯罪敗露後，我才認識他是個良善的人！M本來不是個犯罪的人。他是因為他的妻子而犯罪的，他是為愛我及愛A兒而犯罪的！不過他愛妻子有些不得其道罷了，他的志行有點薄弱罷了！他對妻子是很能負責任的人！R君，你試把M和戴教育家、宗教家的假面具而實行蹂躪女性的那一類人比較，你能說M是個罪人嗎？社會對M的批評如何，我不知道，也不願知道。像我們M城的社會——對人性全無理解的軍閥的壓逼之下的社會有沒有真是非，還是個疑問。但在我的眼睛裡的M完全是一個救世主，是一個基督！為我和A兒負十字架，戴棘冠的基督！啊！我們家庭裡的基督終給那班偽善者的猶太人殺了。

R君！自己犯了的罪應該自首的，應該負責的。M所犯的罪並不是他自動的犯的，是受動的犯的，是我指使他去犯的罪，他不過是我犯罪時候用的器械罷了。再說明白些，M是受了我的虛榮及浮奢的壓逼而犯罪的。M沒有罪，他只有一個過失，就是他不該娶虛榮心比一般女性強盛的我，不該娶由似驢非驢似馬非馬的女學校出身的浮華的女學生。

R君，到這時候，M被解送至C城監牢裡的時候，我才後悔我們同棲時不該錯疑

M，不該酷待M了。我和M結褵後，M的出勤和回家的時刻是很規則的，早晨吃了早飯，七點半鐘出門，下午六點鐘回來。到最後兩三個月差不多每天都不回來一同吃晚飯了。不單不回來吃晚飯，他回家的時刻沒有在晚間十點鐘以前的了。我懷疑他是有了外遇，在外面遊蕩。我幾次哭罵著向他詰責。他看見我哭了，很溫柔的來安慰我。我只不理他，哭罵得更厲害。他到後來只嘆了口氣默默地坐在書案前。我此刻才知道他的嘆息和默然的態度裡面含蓄有許多苦衷和隱痛。我因為懷疑他的態度曖昧，怕他的錢在外面遊蕩用了去，我更向他要錢要得厲害。我向他索錢愈多，他愈不能早時刻回來了，有時候到了黎明才回來，睡了一會已響七點鐘了，飯也不吃的又匆匆的出去。我看見他這種態度，更向他吵得厲害。

R君，我此刻才知道他每晚上在外面和他們聚賭完全是為我一個人！他所有的財產全部的為他的小家庭耗消盡了。其實他這個小家庭的生活費用得了什麼，他所掙來的資財的大部分都給我浮華的耗費去了。

M的父母和兄弟都在恨我——也難怪他們恨我，這個罪本該我一個負擔的。——說我是個禍首，說M之陷於罪完全是我害的。M在監牢裡寫了一封信出來，要我帶A兒回鄉間和他們暫住一年半，等他的出獄。但他們拒絕了M的託付。M的父母託人對我說，他們只能以祖父母的資格收留A兒，但不願和我見面。R君，你想，我如何能夠離開A兒一個人獨活呢？尤其是和M分離後，更不能離開A兒。

九

R君，我一生只有一次的善念和善行，就是決意攜著A兒送M到C城去——送著M的囚車到C城去。我終到C城來了。我一星期能得兩次的許可和M見面。

到C城後的第一問題就是我和A兒的生活維持方法了。我是個荏弱的女子，能找什麼職業呢？但我決意在C城等M的出獄並以養育A兒的責任自任，我最初想從事的職業是裁縫，其次是洗衣裳。M有二三個友人都不贊成我拋頭露面去幹這種職業，他們集了三五十元的基金，替我在大學校街租了一間小店，要我做餃麵的點心生意——每日只坐在店裡指揮著一個廚夫兩個女工做飲食生意。到這時候，我感激他們萬分了，我才知道人是有交結朋友的必要。他們裡面的最熱心的提倡者P更熱心替我奔走，一切都是P替我布置的。P是M城一家洋貨店的駐C城的坐辦。我的飲食店開業後一個月間P每日都過來幫忙。

不是奇緣麼，R君？我開業半年後，你竟由海外留學回來當C城大學的助教授了。

R君，我是為M——為等候M的出獄才做這種生意的。誰能預料到這種生意就是引我這身體至破滅之境的第一步！就連我這未經鍛鍊的纖弱的女子敵不住四圍的誘惑和壓逼，我自己也未曾想像到的！

我的同胞的哥哥不愛我，我的生身父母也可以說不愛我了，M的父母兄弟又不愛我；我在這世界中完全是個畸零人了。像慈惠而誠懇的P，我對他只能噙著感恩之淚，怪得我和他親近麼。

開業後半年間，生意很好，來客的大部分是C城大學的學生。我在這半年間積了不少的錢。到後來我才知道這些來客——大學生們——完全是為我一個而來的。年輕的學生們都患著一種病狂——自信是個多情者，自信是個美貌所有者，自信是個對女性有蠱惑力的所有者的病狂。多望他們一眼，多和他們說句笑話；便都深信我是看中意了他們了，沒有一晚絕跡的，不論吃得下去吃不下去，都到我的店裡來。他們間的嫉妒的情形，看見令人發笑呢！

R君，我等不到M出獄又墮落了。我因愛M而來C市，但終負他了。我在C城的墮落的第一步就是不能克服P的誘惑。我終由P的手墮落了。R君，人心難測！外表看來是很慈仁很誠懇的P原來是個蹂躪女性的魔王。經他的手不知犧牲了殘殺了幾多女性了。恨我處世未深，不知不覺間遂陷入他的圈套中了。和他有了肉的接觸後，才把他的假面具揭去，原來是一個這麼可怕的魔王，但已經後悔無及了。嗣後我竟自暴自棄的流入淫蕩的生活中了。我常引誘你們學校的幾個有錢的和有姿色的青年到我的私室裡和他們對飲起來了。

我再做了第二次的活屍！你竟在我做活屍的期間內常到我店裡來。我因你得了不少的安慰。我竟不自量不自重的對著你起了一種數年前的純潔的愛的追憶和燃燒著一種奢望。但望見你去後，我又自笑我的痴愚。

M的監禁期滿了，出獄來了。他出獄後住在店裡，我的生意也就因之冷淡了。

M知道他在獄中期內的我的生活了。他本不想追問，希望我改過。我也很後悔，想從茲改過再和他組織圓滿的家庭。但到了這個時候，M的父母有口實要求他的兒和我離婚了。

我和M離開後，只能繼續著以此淪落之身營淪落的生活。我最近的生活你是很知道的，無庸我再贅說了。

因為你托你的友人來忠告我，希望我早日脫離這種頹廢的生活。聽你的口氣，好像我的不幸完全是我自己作成的。R君！我有罪！我自信有罪！我也不辭其罪！不過我的生涯的裡面有不少你不了解的部分，所以詳詳細細的寫了這封長信寄給你。R君，我最後希望你的有兩件事，就是：

第一，希望你明白，人是有人心的，不是自己喜歡犯罪的！

第二，希望你要知道，對貧苦者不能輕施其憐憫，對犯罪者不能輕施其譴責。對貧苦者要有拯救他的自信，才可施你的憐憫；對犯罪者要有感化他的自信，方可施你的譴責！人不當輕施其無責任的憐憫和譴責！

晒禾灘畔的月夜

不平衡的偶力

一

他本想應汪夫人的要求，在這W海岸多滯留個把月，滯留至學校開課後。現在他不能了，因為敵不住汪夫人的蠱惑，不能再在這風景佳麗的海岸——在暑假期中風景加倍美麗的海岸——滯留了。

夏的W海岸，介在蒼翠的松林和深碧色的波面間的夏之海濱，飽和著一種倦怠的氛圍氣，是很適合於這藝術家——悼亡之後對世情生了一種厭倦的中年人——的性情。夏的W海岸的風物都是靜的，只有天空中的幾片浮雲在緩緩地移動。很愜意的涼風雖常輕輕的掠過波面和樹梢，但海水和樹枝並不發出何等嘈雜之音。夏的W海岸是有一種寂寞，說不出來的寂寞，不可思議的寂寞；就連在許多海水浴客集中的旅館和松林後的散步道上的人群也能感著這種寂寞。

海波呈幽靜的碧色，能冷息人的興奮頭腦的幽靜的碧色。他常想一個人駕一艘尖頭小艇自槳著在波面浮泛，或沿著不規則的曲線形海岸浮泛，或浮泛到港灣內的幾個小島上去；但他終沒有這種心緒和勇氣。

以松林為中心點，松林的右面有個公共遊樂園。園的中心有一個八角形的音樂亭。繞著音樂亭的前面作半圓形的擺著幾重長方形的坐椅，吃過晚飯後的海岸旅客多到這亭前來坐著聽樂隊奏樂消遣。他也常到這音樂亭來，他聽著他們奏的憂鬱的小曲固然很悲痛地感著寂寞，他就聽著很熱鬧的很歡樂的曲也覺得他們奏出來的曲音非常的萎靡，非常的悲哀。他最感著寂寞的就是那時候望著一群年輕的音樂隊奏完了樂，默然無聲的各持著樂器，輕輕的，緩緩地，下了音樂亭，步出遊樂園向松林裡消滅去那時候。

松林左面的建築物，多半是當代偉人們和資本家的別莊。她的——她的丈夫的別莊也在裡面。幾列別莊的後面就是W海岸唯一的旅館。旅館左後方有一個小小的花園和一部分的海岸線相接觸，四面用鐵欄圍著，只留一個後門通出沙汀。園裡面花徑的兩面擺著幾張梳化椅。旅館的右後是條敷著白砂石的小街路。街道後面都是W海岸的漁家，構成一個小漁村的漁家。小漁村之後是一列滿植松林的小山。小山之後，望得見的只有青空和白雲了。

傍晚時分太陽掛在漁村後的山頂上時，金黃色的光線投射在碧波上面，反射成一種美麗的光彩。

他的遊散只在旅館附近的很狹的範圍內。他最喜歡的是沙汀和旅館的臨海的騎樓，因為站在這兩個地點可以極目的眺望。

他也常無拘束的橫仰在松林的蔭下。松林的枝葉受著海風的壓迫，向內陸低垂。他仰望著天空，無感覺的仰望著，有人走過他前面時，他像看不見的，也像聽不見過去的人的足音。他有時也聽見漁家裡的小孩子們的笑聲，但此種天真的明朗的笑聲，只一刻工夫也給他周圍的沉重的幽靜遮壓住了，他仍然是無感覺的，很悲寂的仰望著蒼空。

他很沉靜的橫臥在松蔭下，常繼續了幾個鐘頭，他覺得自己像離開了軀殼，也參進自身周圍的大自然裡去了。他像一根很輕的枯萍浮在沉重的幽靜的海水面漂流無定。

美麗的幽靜達到她的最後期了。小艇裡和松蔭下再發見不出這種幽靜來了。W海岸的一切自然物像變了態度。音樂亭裡奏的樂曲，也像很和諧的很響亮的向四空輸送它的聲浪。在他面前走過去的人特別的多議論多說話。漁家的小孩子們的笑聲和哭音，近這幾天來特別的銳敏的刺激他的聽覺。從前他以為是很沉靜的海，近這幾天來每晚上也很有生氣的奏她的潮浪的歌曲。他的海岸生活也有點兒變調了。海岸的空氣和他的避暑的生活，前兩星期是很沉靜的，自汪夫人來後一變而為騷然的了。

他在W海岸滯留了兩星期之久了。

一天的下午，他在沙汀上散步，他望見一個三十歲後的女人攜著一個小女兒也站在那一面的沙汀上眺望海色。他和那女人間的距離太遠了，面目看不清楚。過了一刻，那個女人擕攜著她的小女兒向他這邊來了。他們間的距離漸次短縮了，他約略一望，覺得這女人的風態很好，身軀修長的一個中年美人。他覺得在什麼地方見過來的。他和她的距離不滿二十步路了，他明了的認識了那個女人，忙跑到她前面，她也微笑著向他點首。

「你還認得我？你什麼時候到這海岸來的？」她伸出隻雪白的纖手給他。他握著她的手時，覺得還像舊時一樣的柔膩。

「我望見你的後影，就猜是你了。」

「你就猜中了！那麼我沒有什麼變更嗎？你的面影也和從前差不多，不過稍為黑瘦了一點。」

「我們幾年不見了？！」他很感慨的說。

「幾年了呢？」她歪著頭凝想。

「八年多了。」

「八年？」她睜著她的雙眼望他，表示她的驚異。「是，有的，有八年了。我這女兒今年都有六歲了。」她隨後又微笑著點頭。

她的眼睛像從前一樣的有魅力。他覺得現在的她是很美麗，比八年前十年前還要美麗。十年前的十七八歲的她雖然美麗，但富有脂肪分的她的身體是很肥滿的，趕不上今天的她的風態。

他和她靜立在沙汀上，你望我，我望你的無話可說了，四個眼睛碰著時，一個臉紅紅的低下頭去，一個臉紅紅的翻過臉去裝作望海。

她乘勢低下頭去對她的女兒說：

「你把手給這位先生——高世伯，高伯父！你把手給他，和他握手。」

女孩兒伸過手來，但不敢望他。

「這是我生的女兒，采青——怪俗的名，她爸爸取的。——進了小學的一年級喲。說是七歲，其實還沒有滿六個足年。」她臉紅著再仰首望他。

眼睛很明敏的女孩兒，顏色微黑的，怕是像她的父親吧。

「秋霞就這樣的一病死了，誰都夢想不到！」她嘆了口氣，半似安慰他，半替他悲嘆。

「……」他也只跟著嘆了口氣。

「像她這樣好的一個賢夫人，不像會這樣短命的。我們——不，我真的對不起她了……」她怕提起前事害他傷心，或害他在她面前不好意思難過，馬上轉過話頭，「我離F市太遠了，她病了這麼久都不能來看看她，真的對不起她了！」她說了後再繼續著嘆了幾口氣。

「你幾次在北方寄來的人蔘和餅乾罐頭等，她收到了時也很感激你們。」他像替亡妻向她道謝。

「那算得什嗎？她沒有對你說我什麼嗎？」

「沒有，沒有說什麼。她只說舊日同學都星散了，在F市的沒有幾個，想會會面都不容易。她尤其是很思念你，說你對我們比別人不同。」他再嘆了口氣。

「……」她再低下頭去，默默的沒有說話了。她像在追憶什麼過去的事。

「……」他也再沒有話繼續了。

「想不到我們還能夠在這裡會見！我真的……」

「我還不是這麼想。W海岸離我們F市已經很遠了，離你們寄居的P城更不消說了。

誰料得到我們會在這個地方會著。」

「我忘記問你住在什麼地方了。」

「就在那家旅館。」他翻過頭來指著那邊一棟大洋房子給她看。

「又嘈雜，又寂寞！」她笑著說。

「怎麼說？」他也笑著反問她。

「日間客多了，不是很嘈雜嗎？夜間你只一個人睡在一間房子裡，不是很寂寞嗎？」

他覺得她說話還是和從前——女學生時代——一樣的活潑而無忌諱。

「你住在什麼地方？」

「她爸爸前年才買了一家別莊——很小的沒有樓的屋。你去年前年都沒有到這海岸來吧。我們每年都來的。」

「你們有別莊在這裡！真闊！我竟不知道。」

「別莊窄了點。不然你也可以搬到我那邊去同住。兼且她的爸爸沒有來，你過來同住也不很方便。」

「汪先生沒有來嗎？」他忽然的心上燃燒出一種希望，但同時覺得這種希望燃燒得太卑鄙了，太對不起亡妻了，他忙把它打消。

「商店裡的事很忙，交不下來。就來也怕在八月中旬。或今年竟不能來也未可定。我是來養病的，不要他來還安靜些。」她說了後笑出聲來了。神經過敏的他總覺得她的笑她的說話都有蠱惑性的。

「身體不好嗎？」

「有點內病。不大要緊的病。」

「要保重些才好。」

「謝謝你！我有許多話要問你，要和你說的，一時找不出來，就找得出來也一時說不了。你有空就到我的別莊來玩吧。」

他和她還談了許多關於海岸風景，海水浴場的設備的話。旅館催晚餐的鐘聲響了。

「我們走吧！」她攜著女孩兒先舉了足，他跟在她們後面向旅館那方面來。

二

高均衡，他的妻杜秋霞和汪夫人——她的女學生時代的名叫吳玉蘭——小的時候是同學——在F村的一個小學校的同學。在小學時代吳玉蘭就得了美人的稱號。

高等小學畢業那年，高均衡十五歲，玉蘭也十四歲了。她的體格很發達，由外表看來誰都說她比他大。她和他由學校回家是一路的，所以村裡的人都當他們是姊弟兩個。

「玉蘭，你大了後要嫁人作老婆的，是不是？」天真爛漫的均衡有一天在由學校回家的途中忽然的問了她這一句話。

「我不嫁喲！」玉蘭很正經的回答他。

「為什麼不嫁？」

「嫁不到好人家，我不嫁！」

「玉蘭，你不能嫁我嗎？你答應嫁我，我定做個偉大的人物給你看！」

「你家太窮了！我嫁了你怕沒有豬肉吃，沒有乾飯吃。你家裡天天吃稀飯吧。是嗎？」

「不一定喲！」均衡年數雖少，但也會臉紅。「隔幾天也買斤把豬肉，吃幾餐乾飯。」

「均衡！你爸爸吃鴉片，太難看了！我看見他——前星期日我看見他在晒禾坪替一個買豬仔的人和賣豬的吵嘴，露出兩列的黑牙齒，真難看！我不能嫁你，我不能叫他做爸爸！」玉蘭說了後還緊蹙著雙眉。

均衡再沒有話說了，低著頭一直向前跑。玉蘭看見他不說話，忙低下頭來望他。

「你哭什麼？你哭了麼？」

「……」他不理她，急急的跑回家去了。

他在這麼小的時候就嘗過戀愛失敗的滋味了。他也從這麼小的時候起就立志做偉大的人物，打算向她復仇了。

小學畢業後，他進了中學校，她也進了初級女子師範學校。在中等教育期內的四年間，彼此都互相忘卻了。

均衡在中學畢業後，因為家計不好，不能升學，由友人的推薦，在村裡的M小學校當教員。

未到任之前，他打聽得這間M小學校除姓田的校長外，還有四個教員，連自己五個，五個教員裡面有兩個女教員都是和他一樣的新任，一個姓李的，一個姓吳的。行開學式那天，由校長的介紹他和幾位同事都認識了。

「這位也是新任的先生，吳玉蘭女士。」

「啊呀！均衡，高先生你也在這裡嗎？」她的態度很從容，像和男性交際慣熟了的。他到這時候反為不好意思起來。

「你們都認識的嗎？」校長用驚疑的眼睛問他們。

「從前同一個小學。」玉蘭忙解說給校長聽。

「那麼你們彼此還不知道同在一個學校任事嗎？」

「我小學畢業後就跟我的父母搬到 F 市去住了。他是在鄉間的中學。」

「那很好了，你們都是舊知，以後更容易互相幫忙了。」校長的「舊知」兩個字在他們聽來帶點懷疑而諷笑的意思，他和她不覺臉熱起來。

由均衡的家裡到學校來有五里多的路程，他早來晚回，午飯就在學校裡吃。玉蘭寄寓在她的姑母家裡，離學校有兩里多路。

每天放學後，他應她的請求多走點路送她回她的姑母家裡去後才由小道回家去。

均衡自和玉蘭在M小學校同事後，有一種捉摸不住的哀愁的氛圍氣，一天一天的把他包圍起。說是青年人每遇春期必有的煩惱，但去年春間還在學校裡念書時並沒有覺著這種哀愁。尤其是和玉蘭分手後，一個人在田畦道上走著向家裡去的時候，望著碧色的秧田，蒼色的松林，眼睛裡常包含著一泡清淚，稍有所觸就要淌下來的樣子。但近來覺得心裡是很空虛的，想求一種東西——能夠充填這種空虛的東西。但所想求的是什麼，自己又莫名其妙的不知道。名嗎？有點像「名」。利嗎？有點像「利」。戀愛嗎？有點像「戀愛」。總之他近來的煩悶完全是有所求而不能達目的的煩悶。不，想求一種東西而無勇氣去求的煩悶！

玉蘭的姿態日見濃厚的刻在他的心坎上了。桃色的雙頰，柔潤的鮮血色的唇，敏捷而巨大的黑瞳子，富有彈力的乳房的輪廓，常對他的易起變動的官能刺激。玉蘭不單外觀之美能夠刺激男性。她的內力，富有脂肪分的肉感的想像尤更容易把男性醉化。

初夏的一晚，均衡因為學校開校務會議，在學校吃了晚飯才回去。陰曆四月初旬的夜晚，有了相當的月亮，他還是循舊倒送玉蘭到她的姑母家門首來了。

「玉蘭！」他想這次的機會不該錯過了。

「什麼事？」玉蘭抬起頭來望他。

「這樣好的月色，真不情願回去！」他仰望著天際的碧輪。

「不回去怎麼樣呢？」

「我們倒回去再走一會不好嗎？我再送你回來。」

「……」玉蘭低了頭，不答應也不拒絕。

「我們再走一會吧。」

「到什麼地方去？」

「就到那牧場上站一會也使得。」

玉蘭這時精神上也像得了一種新力，默然的跟著他來到牧場上來了。

「玉蘭，小學校時代的事情你還記得嗎？」

「什麼事？你逃出學校去偷人的荔枝。後來給先生鞭了幾鞭，我是記得的。」玉蘭說了後笑起來了。

他們倆同浴在銀色的月亮中，像受了神感，很想團結坐一起。

「不，不是的。你不是說你要嫁有錢的人嗎？」

「啊喲！沒有這回事。我沒有說過這些話。我說過了，怎麼我記不得呢？」她笑了。

「你不記得嗎？那你的記憶力真不好。那時候你十二歲，我十三歲。」

「你真好記性……」

他終把他對她的愛慕說出來了。她約他遲些再答覆他。他說話時，不覺隻手加在她的肩上了，但她不迴避也不拒抗。待他想把熱唇向她的嘴接觸時，她忙站開搖著頭。

「不行，那不行！均衡，讓我再多想幾回，倉猝做出來的事要後悔的。」

均衡受了她的這種意外的抵抗，心裡異常的羞愧。

那晚上他很失望的流著眼淚回到家裡來。

由第二天起，他請了一星期的假。過了一星期後，他不能不上課了。上課去，不能不和她會面，這是比什麼都還要痛苦的。他決意和她遠離了。他決意用功了，他打算讀書——專研究自己喜歡的文藝，消磨他的無聊的歲月。

「我絕不思念她了！絕不再想她的事了！」

他到學校時，玉蘭先來了，向他點頭，他只很冷淡的回一回禮，並不抬頭望她了。從前會見時要相望著微笑的。

到了下午，各教員都回去了，校長也回他自己的書房裡去了。只有他和她還留在學校裡。玉蘭在女教員準備室等了好一會不見均衡出來叫她一同回去，知道他完全是為前星期那晚上的事不理她。她再忍耐不住，走進他的房裡來看他了。

「前星期對不起你了。我說話太率直了，望你不要介意。」玉蘭紅著臉走近他的書案前笑向他說。

「哪裡……」均衡的臉色很不高興的也很不好意思的。

「不回去嗎？」玉蘭要求他一路回去。

「我還要等一刻。你先走吧！」均衡很冷淡的。

「你惱了嗎？我就說錯了話，你也得讓我改過。」

「我們始終要離開的！」感情脆弱的均衡在她面前掉下眼淚來了。

「對不起你了，均衡！我還是和你一樣的思念你，不過婚姻大事也得讓我多想一二日，是不是？」

「……」均衡還是沉默著。

「那晚上說的話，我取消吧！我們講和吧！我們要和從前一樣的才好。不然他們要笑話。」她一邊笑著說，一邊伸出雙手來給他。她的雙腕張開著，像想把他擁抱的樣子，又像希望他枕到她的胸上來的樣子。這時候他是塊鐵片，她是個大磁石，他給她吸住了，只一瞬間，她的頭部靠在他的左肩上了，同時兩人的高溫的柔滑的舌尖相接觸了。

玉蘭在M小學只當了一年教員，回F市去後就不再來了。到了第二年的冬，他聽見她嫁給一個有錢的富翁做媳婦消息時，他真想自殺了。但同時他又想對她復仇。

玉蘭嫁給姓汪的富家公子後，就跟她的丈夫到P城去了。只在他和他的妻結婚那年回來了一次。

玉蘭嫁後，他也辭掉了小學校的教員跑到S市去營筆墨生涯了。在這幾年間他在文壇上的名譽漸漸的高起來了。玉蘭嫁後三年了，他也由友人的介紹和賢淑的秋霞結了婚。自得秋霞後，由玉蘭受來的傷口也漸漸的平癒了。

三

均衡會見了玉蘭後，回到旅館裡一晚上睡不下去。上半夜的天氣鬱熱得很，固然不能睡；但到了下半夜，氣壓低下來了，外面的海風吹得很緊，涼爽了許多，他還是睡不著，他翻來覆去所思念的都是關於玉蘭的事。他對玉蘭有一種恨既不可愛又不能的情感。

——她已經替人生了女兒的了，看破些吧！縱令自己所希望的能夠收效，也已遲了，她沒有原來的價值了。——但他對她無論如何還有不能斷絕的一縷的希望。他不能不恨她，因為不見她還好些，會見了後，反把十年前所受的，現在已經平愈了的傷口再抉開來了。他愈想愈心痛的。他想，不把她摟抱著一口一口的咬，咬到她受痛不過悲哭起來求繞，不能泄自己的憤恨。

他到三點鐘才睡下去，不一會就天亮了。他起來走出騎樓上一望，外面微朦的下起細雨來了。吃了早點，他想就到她的別莊去，但因為自己蓄有一種不純粹的念頭，覺得不好意思躊躇起來。

因為下了雨，天氣涼快些，許多住客都不出去，旅館裡喧嘈得很。他又想到她那邊去避避喧嚷。

——到海岸去再說。她那邊去不去，到了海岸再決定吧。——他穿好了衣服，待要出門，茶房來說有個女人帶了一個小女兒來找他。他又驚又喜的，驚的怕同住的人們懷疑他，喜的是她先來看他。

「你幾點鐘起來的？」玉蘭望見他的床上的被縟還散亂著沒有整理。

「才起來沒有多久。」

「真是個睡蟲！」她望著他作媚笑。她這一笑真有充分成熟了的女性的美，有種耐人尋味的魅力，她笑著走過來替他整疊被縟。

「這如何使得！我自己會……」他雖這樣的說，但望著她翻理被縟同時又生一種快感。

「那有什麼要緊。秋霞還在，你不會來這海岸吧。就來也兩個人一同來吧。男子離開了女人是很不方便的。」

「……」他嘆了口氣，半告訴她自己還在思念亡妻，半想引她的同情。

「我當你一早就會過來，一起身就過來。我早點都預備了等你來一同吃。等到此刻——快要響十點鐘了吧——還不見來；所以過來看你。」

「對不起了。昨晚上一晚睡不著，所以起床起遲了。」

「她的爸爸沒有來，我一個人坐著悶得很，你不要客氣，不拘早晚過來耍吧，常過來耍吧。家裡只僱用了一個老媽子，沒有別人。」

「謝謝你。」

「今晚上定要來喲，到我那邊吃晚飯去。」

她攜著女兒站起就要回去。

「坐刻麼。」他站起來阻著她。

「帶了小孩子來很不方便的。我們想說些話都說不出。改天我一個人再來。小孩子真討厭。」她說了後又向他作媚笑。

均衡送她回去後，盼望在天空高掛著的太陽快點兒下山。他一個人孤坐在房裡，追憶舊日她和他的戀愛歷史中甜蜜的幾頁。

自在M小學校的準備室裡她允許他初次親吻以後，他對她很頻繁的有同樣的要求。不單有同程度的要求，他還想有更深進的冒險。

「你還不滿意嗎？那要待結婚之後吧。我不是疑心你，不過……」她靠著他的胸膛，坐在他的懷裡了。

「不過什麼？」他雖得了擁抱和撫摸她的整部的權利，但最後的勝利終沒有歸給他。無論在如何的興備狀態，她總不對他有最後的赤裸裸的表示。

「此刻生了小孩子，我們如何能養活他呢？」她所憂慮的結局還是今後的生活問題。

「不能窺她的最內部的祕密！不能享有她的處女之美！這是我一生涯中第一個失敗，也是第一種精神的痛苦！」他想到這一點，恨起她的丈夫來了。

「他奪了我的情人！他替我享有了她的真美！他叫我的情人替他生了一個女孩兒！」他雖不認識她的丈夫，但他的憤恨還是集中到她的丈夫身上去。

到了四點鐘了，他躑躅著跑到她那邊來。

「好了，你來得很湊巧！她的爸爸也來了，今天十二點鐘的火車到的。」她由廚房裡走出來迎著他引他到客廳裡去。

「怎麼就來了呢？不是說不來了嗎？不是說就來也要到八月中旬嗎？」他像正在籌劃著一種大計劃，忽然給人破壞了似的。

「爸爸，這就是高先生！」她把他介紹給她的丈夫。

她的丈夫約有四十多歲了，又黑又胖，完全是個巨腹式的商人，精力很旺盛的樣子。頭頂沒有許多頭髮了，快要禿的樣子了。

「從沒有會面，聽家裡的女人說，在小學校同事的時候多蒙照拂了。」主人很誠懇的向他鞠躬，並且很客氣的招待他。他心裡反覺得有點過意不去了。

「好說了。不過內人從前和尊夫人是同學，並且是好朋友，所以認識了。」他忙向主人辯解。

「是的，是的！女人說過了。真可惜的，太太今年身故了。我竟沒有聽見，沒有盡點禮。」

「……」他只能默然。

「天氣太熱了！不要客氣！請寬衣！」

他聽見她的丈夫來了，本受了一個意外的打擊。但現在看見主人的誠懇而親切的態度，覺得安心了些。日間所描想的她的丈夫和現在的主人像不是同一個人。

他除下來的長褂，她忙過來接著掛在衣架上去了。

他對著主人發生了兩種矛盾的感想。

「他完全是個俗物，周身銅臭的俗物！她定對他的丈夫不能滿意的！和慣於浪漫的生活的我比較起來，當然勝利歸給我的！我還是進行我的吧！不行！不行！他是個誠實的君子。現代不容易找的誠實的君子！侮辱這個誠實的君子是一種罪惡！對他的夫人懷野心就是侮辱他！我不該有這種卑鄙的念頭的！」

「高先生，抹臉嗎！到這邊來。」她笑著叫他到廳外天井旁邊去洗臉。他跟了她出來。

「他不放心，趕來看看我們的。三兩天內還是要趕回 P 市去。」她微笑著低聲的對均衡說。她這種辯解又引起了他的不少的興奮。

抹了臉回到廳裡來，老媽子早把碗筷擺好了。他和主人夾著一個圓臺對坐著。玉蘭像到廚房裡弄菜去了。菜有四五碗，但弄得異常的精巧。大概她因為一個是從前的情人，一個是現在的丈夫，很得意的弄出來的吧。

菜出齊了後，她也進來了。

「高先生，沒有什麼菜，真對不起了。多吃點酒吧！」她提起酒壺來替他斟了一滿盅酒。

「菜多了，吃不完了。」他望著曾經他握過的纖白的手。

「你呢？還要不要？」玉蘭提著酒壺問她的丈夫。主人只把他的又黑又大的頭點了一點，他覺得這個主人很可憐，他那又大又黑的頭像快要戴綠帽子的樣子。

主人像很尊敬他是個讀書人，席間很得意的把他做生意的知識和經驗告訴他。

主人的酒量像很大，吃了十多盅的酒還不見有醉意，並且乘著酒興勸均衡續弦。

「我們男人是要有個家庭。有了家庭事業才做得起勁。妻子的確是累死人的，但沒有妻子，又覺得做什麼事情都沒有目的般的。高先生還是早點再把家庭組織起來，想太太有靈也定歡喜的。」

「現在很難了，像我這樣的人和年齡。我願意的，她未必情願；她願意的，我又未必情願。我也沒有這種心緒了。害了一個死了，又再害別一個嗎？」他說了後嘆了口氣。

「你自己揀擇得太苛了，那沒有法子。願意嫁你的人多著呢！要娶窈窕的女學生也不算難事。」汪夫人半帶戲謔的笑著說。

「哪裡有這樣的豔福！」他也笑了。

「那說不定！像我這樣老的人，頭髮快光了的人，如果還是獨身，也還可以娶個窈窕姑娘吧。哈，哈，哈！」

「頭髮都快光了，還說這些風流話，羞也不羞！……你只管娶個女學生吧。我絕不吃醋的。你怕我跟著你，她們不相信你是個獨身者，你就離了我也使得。我雖然是個老婆子，也不見得沒有人收留我吧。」她說了後，一雙媚眼望著均衡，笑了起來。

「真的，若不是有小孩子，我們離開了彼此都方便。哈，哈，哈！」主人也大笑起來了。

神經過敏的均衡以為主人是看穿了他和她的曖昧的態度，故意這樣的說笑。

「你真的脫落得很！我走了後，你一個在外面幹了些什麼事我也不知道。」玉蘭笑著向她的丈夫說。均衡乘這時候偷看她的側臉，半邊透明的玉面映著霞色的頰，豐腴柔滑的頸，白嫩的纖掌，沒有穿襪子，下面露出了雪白的半腿來的腳。像這樣的一個美人還不愛？像這樣的一個美人也會有給人厭倦的一天嗎？這無論如何相信不過的。

「我有錢，你怪得我！哈，哈，哈！」主人再高聲的笑。

「人說男子的心像浮萍一樣，今日東，明日西，有了錢，什麼對老婆不住的事情都幹得出來。」她也說笑般的在發她的議論。「但是你是例外喲！高先生！秋霞姊死了後，你怕對她不起，連續娶都不續娶了。像你這樣的男人真難得。」她再翻過頭正經地向他說。

吃醉了酒的均衡覺得她今晚說的話對自己都是別有深意的。他怕說多了引起她丈夫的懷疑，想快點回旅館去。他從衣袋裡取出表來一看，已經過了十點鐘了。

「汪夫人，我吃飯吧。」均衡告訴他們不再喝酒了。

「不要緊，還早呢！多吃盅把嗎！」主人還想均衡陪他多喝幾盅酒。

「你一吃酒就要吃到人怕的！誰能陪你喝這麼多酒！高先生，吃飯吧。」

吃完了飯後快十一點鐘了，他告辭了出來。他們夫婦都送出門首來。

「你一個人回去很寂寞吧？」她最後還說了這一句對他的官能有刺激性的一句。

均衡由她的別莊走出來，更覺得自己太可憐了，那麼程度的寂寞。他還不忙回旅館去，一個人在海岸上躑躅著，描想自己去後他們別了幾天的夫妻間的談話和動作。

「你和那個均衡君從前在小學校同事的時候怕有什麼曖昧的關係吧！那個人不轉睛的在偷看你喲！他對你生了相思病般的。你也有這種相思吧。」

「胡說！我不要緊，你不該敗壞他的名譽。」

他們夫妻這樣的說笑了後，感興更深的互相擁抱著，今晚上乘著酒興在更挑撥的更誇張的實行他們間的情愛吧！

均衡描想到這一點，覺得自己太蠢笨了，今晚上做了他們的助興品了。她太可惡了，把我當玩的？她的丈夫明明來了，又騙我說沒有來，叫我去給他們開心。真的豈有此理！她太可惡了！這個仇非復不可！

他想了又想，意氣頹喪的跑回旅館裡來。

四

他那晚上由她那邊吃了酒出來，在途中受了點冷風；到了第二天咳嗽得厲害，流了許多鼻涕，並且還有點發熱。他一連睡了三天沒有出去。

第四天的下午，她一個人，不帶小女兒，跑到旅館裡來看他。

「病了嗎？怎麼不告訴我一聲？你這個人真不行！你也該打發人來通知我！」她在埋怨他。他聽了她的話，心臟又在振動起來了。

她望了他的瘦臉，又望望他案上的凌亂的書籍和藥瓶子，臉上表現出一種很傷感的表情。

「醫生看過了沒有？」

「看過了。」

「醫生怎麼說？」她原來是站著的，此刻坐在他的床沿上來了。只隔著一重薄毯子，他的膝接觸著她的臀部了，但她只當沒有感覺。興奮了的他，連打了幾個噴嚏。

「醫生說，熱度低下去了，過幾天就會好的。」

「但是，怕有幾天不得起來吧。吃得飯嗎？你看，你的手都瘦成這個樣子了。」她無意中握了他一隻手。「所以我說男子沒有女人在旁是很不方便的。這樣的病該吃稀飯的。像旅館裡的硬飯，你怎麼能吃下去！」

「我這幾天吃牛乳多。其實也不覺得怎樣的辛苦。像這樣經驗——一個人病著沒有人理的經驗，不知有多少回數了。」他緊握著她的手微笑。她紅著臉低下頭去。

「如果這裡不方便，就搬到我們那邊去住幾天也使得。是的，他跑了喲。今天下午一點鐘的火車回P市去了。你今晚出去不得的了，除非搬到我那邊來……我是來請你今晚上到我那邊去的。那天真對不起你了，他突然的跑了來。」他聽見她的話，周身的熱血再環流起來。

「今天就走了？」他心裡登時感著一種快感。「你的主人真是個好丈夫！體格多魁偉！」

「不行喲！你這樣的譏笑人！你吃了一驚吧！這樣難看的老頭子！」她蹙著雙眉笑起來了。「但他很稱讚你，說你真是個讀書人，明道理，不像普通一班的博士們念了點書就驕傲著看不起人；年輕人少有像你這樣謙遜的。」

「真的？」他笑著望她。他很想趁這個機會把M小學時代的事提出來試探她一下。但他又覺得不該太猛進了，她現在是個有夫之婦了。

食堂的鐘聲響了，他們知道是五點鐘了。

「你不得出去吃飯吧？」她問他。

「茶房會送進來。但我還是吃牛奶。肚子一點不餓。」

「那麼我再坐一刻，使得？」她歪著頭笑問他。

「你不回去也使得。」他也笑著試探她。

「不回去沒有睡的地方吧。」她咕蘇咕蘇的笑起來了。

「空房子多得很呢！不過這樣髒爛的房子，不是你有錢的人住的。」

「你又來笑人了！我不帶小孩子來，想在你這裡多坐一刻，你就要趕我回去，真沒有人情！我就回去吧。」她咬著牙說了後站起來。他忙握著她的手不放她去。

「你這樣子的回去，不是真的惱了我嗎？」

「你的病才轉身，不該多費神。我明天再來看你。」她再作媚笑。「你要吃什麼東西，就打發人到我那邊去說一聲，我得做好送過來。」

她去了後，他很後悔不該失了這個機會。

「我真蠢極了！她是來等我向她先表示的，我不該把這樣的好機會錯過了！女人是絕不向男人先表示的。」

再過了三天，他的病恢復了，應了她的招請，傍晚時分過她的別莊去吃晚飯。吃了晚飯後，因為天氣熱，她把一張竹蓆鋪在廳前，她和采青都坐在竹蓆子上乘涼。他卻坐在旁邊的一把椅子上和她談話。過了一會，采青睡了，老媽子也回她的房裡去睡了。

「你也坐下來吧！竹蓆子上涼爽得很呢！」她一面替采青拂扇，一面說。

他雖然覺得滿臉發熱，但他禁不住要坐下去。

「對不起了，盡坐著腰骨痛得很。你莫笑我，我要睡下去了。」兩個談了一會，她摟著采青倒臥在竹蓆上的一邊。他這時候呼吸很急的不敢望她。他雙手抱著雙膝只不住的在打呵欠。

「你累了吧。不要客氣，休息一會好不好？我去拿枕頭給你。」她說了後，忙跑進房裡去拿出一隻布枕來給他。他要辭退都辭退不及了。

他倒在竹蓆上後，她再坐了起來。

「夜深了，我回去吧。」他還是戰戰兢兢的對她不敢有所表示。

「還早呢，再談一會吧！我一個人寂寞得很呢。不要緊，你就在這裡睡吧，在她的爸爸的鋪上睡在外廳裡。我們都是老人家了，還怕外人疑我們不正經嗎？哈，哈，哈！」她說了後笑了。

「靠不住！」他也說笑般的笑了。

「靠不住？」她說了後沉默著一會沒有話說。他像失了機會不能繼續他的話了。兩個人沉默了一會。

「啊！真苦！」他把頭伏在膝蓋上。

「什麼！什麼事？身體不好嗎？」她忙湊近他。他感著她的體溫了，還有一點暗香流出來。

「……」他只不住的搖頭。

「什麼事？怎麼樣的不舒服？」

「我不行！我不行！」他再在搖頭。

「什麼事？」她像明白他的意思，但還故意的問他。

「追想到從前M小學校的事，今晚上睡在你旁邊，不能無所關心的！所以苦悶得厲害。」

「無所關心？不能無所關心？什麼意思？」她再笑著問他。

「你還故意問幹什麼！？」他想站起來。「我要回去！我回去！」

「你等一會吧！只等一刻工夫就讓你回去。」她按著他不給他起來。

過了一刻，她被摟抱在他的懷中了！

「我們不算初試吧！這不算初試吧！」他想把熱唇送到她的嘴邊來。

「……」她低著頭，取出一條手巾來，她在揩淚了。

「你為什麼哭了？」他略一鬆手，她坐過一邊來。

「均衡！我是人的妻了！也是人的母親了！並且還有一件事，你當然知道的！……」

「什麼事？」他驚疑著問。

「你和秋霞結了婚後兩個月，我由P市回來F村，不是來看了你們新夫妻嗎？你記得？」

「記得，有這回事。」他說著點點頭。

「我那時候很愛你！的確很熱烈的愛你！我那時很嫉妒秋霞，所以乘秋霞出去後，在她房裡對她犯了一次罪——給了你一個親吻！但她竟恕了我的罪，我想她也一定向你說了，恕了你的罪了！」

「是犯罪！的確是一種罪！但她並不知道。」

「不知道！？啊！均衡！她不知道！？我去後她沒有對你說什麼？」她睜圓她的雙目很驚異的問他。

「沒有說什麼。」他也很驚異的。

「以後都沒有向你提我的事嗎？」

「沒有。你告訴她了嗎？我們的犯罪——接吻……」

她兩行清淚重新湧出來。

「均衡！她親眼看見我們擁抱著接吻！她跳進房裡來，看見我們擁抱著，忙退出去了。你那時把頭埋進我的胸懷裡了，沒有看見她！」

「……」他哭了。

「均衡！秋霞比我賢得多了！她無形中給了我不少的教訓和感化！她抱著一個重傷並

不告訴人，就淹化了！」

「……」他只在痛哭。

「均衡！秋霞之死算是你的大不幸！在對得住秋霞的範圍內，我想代秋霞對你盡點義務！望你莫誤解了我！」

他像受了她的重重的一鞭。

「玉蘭！我感謝你！你把我從罪惡中救出來了！我的確把你的親切惡解了。我明天決定離開這海岸了！我們還是不相會的好。一相會時就成罪惡了！」

「你真的去嗎？也好！我也怕我有感情脆弱的一天！你去後望你早日再把家庭組織好！我擔心的就是怕你一個人太寂寞了，生出厭世的思想來。」

「謝謝你，玉蘭！」

他和她都站起來了。

「秋霞或能恕我們最初的戀愛！」她伸出一雙雪白的臂膀攬著他的頭，把鮮紅的唇送到他嘴上來。「明天你就回去吧！回 F 村去吧！」

她送他走出門首時，半圓的月兒已掛在中天了。

約伯之淚

一

自聽見你和高教授定了婚約以來，直至寫這封信的前一瞬間，我沒有一天——不，沒有一時一刻不恨你，也沒有一時一刻不呼喊你的名字。有時咒詛你的名，有時喊著你的名流淚。及今想來——開始寫這封信的瞬間——我只能說是我的靈魂還在依戀著你，因為我並不覺得對你還有這樣深刻之戀！

現在，開始寫這封信的瞬間，我雖然一樣的呼喊你的名字，但呼喊時的感情完全和從前大不相同了，我的態度是很泰然的了。

T君今早來病院看我。他說你和高先生將於下月中旬舉行婚禮。璉珊，讓我替你們倆獻幾句祝詞嗎！但我想，我向你們頌幾句不切實際的祝詞時；你定會懷疑，說我是因嫉妒而寫的惡意的譏刺吧。所以我把這幾行虛飾的文句塗抹掉了，諒你能體察我，不會怪我全無友情吧。

璉珊好友——這個稱呼，諒你總可以答應我對你呼喊吧——我不能不感謝你，因為你替我裝飾了我的青春期之歷史的前幾頁，我的青春期不至於完全無意義的度過去，可以說是出你之賜！我的青春期結束得這樣快，不至流於凡俗，也可以說是出你之賜；這是仍當感謝你的。不過我不再致謝詞了。我若再致謝詞，你又定會懷疑我的謝詞是惡意的譏刺吧。

璉珊好友，我們都是研究生物學的人，對人類的本能是有相當的了解的。我是向青春快要告最後的訣別的人，對過去的青春常懷著戀，常痛惜青春逝去之速！想你定會笑我不善解脫，尚迷戀著我們的過去。但，璉珊，你要知道，我的心是和我的身軀一樣，不喜歡外飾的，這是我對你的不偽的自白，我對我所懷戀的青春不能無淚的匆匆別去！

我的青春之歷史已經念到最後的幾頁來了。

愛我的、憐我的友朋們都說，我的病突然的增劇，完全是璉珊害的。換句話說，縮短我的青春期的就是璉珊！但我不敢怨璉珊，也無勇氣再怨璉珊了。我從前曾向你頌我的讚詞——你是我的青春期中的太陽！你是我的青春期中的光！你是操有我的生死權的天帝！你是我的生命之神！我的近狀完全是神對我的一種刑罰，又何敢怨！

明知我的青春不久就要幻滅了，但我仍不能不衷心的感謝璉珊——我的上帝！自認識璉珊以後的數年間可以說是在我一生涯中最光輝燦爛的時期。每想及璉珊，禁不住要肉躍血湧！每想及璉珊，暗夜亦覺光明，糞上亦呈薰香！近日的病中生活雖然苦楚，但我並不覺得生涯悲哀而寂寞！我得認識璉珊，我可以說不虛生了！因認識璉珊，我才有過去的燦爛美麗的青春，因認識璉珊，我的心上才印有永生不滅的可懷戀的追憶！我的生涯中有這一段的精華，我是滿足了的，死無怨言的了！我的病院中生活，在一般人看來，是何等痛苦，何等悲哀，何等孤寂的喲！但我——曾在你的幻影中呼吸過來的我覺得這些微微的痛苦，悲哀，孤寂，實算不得什麼；我的一生已經是很有意義了。

不能得你的永久之愛，不能長跪在你的裙下的我，聽見你和高教授的婚約成立了以來，數個月間對你不能無怨。但現在我對你只有感謝而無怨了。璉珊，望你了解我，了解我這封信之來，第一是表示我對你的謝忱，第二是報告你，我的生涯因璉珊而增加不少的光輝和色彩，我的生涯因璉珊而變為極有意義的了！

我這個有意義的燦爛的青春歷史，不忍聽其自然湮沒。我想你也定和我同情，不忍聽其湮沒吧！璉珊，望你再忍耐些，我們再把過去的我們的歷史翻過來從頭再背念一回吧！

二

我初次認識你並不是在進校以後。我們的初次認識是在入學試驗之前。我還記得，你也怕記得吧，我們初次認識是天氣炎酷的立秋日的晚上——×年前的立秋日晚上。

那年的暑假期內，你我都由鄉間出來投考W大學。你是A縣女子師範第一名的畢業生。我是B縣中學第一名的畢業生。都是代表母校的Clampion. 這個共通點或許是聯結我們的感情的一個因子。

立秋日距考試期還差三天，我還有×年前的日記可以查考。考期迫近目前了，一千多的投考生都流著臭汗在旅舍裡埋首書中做溫習的工夫，只有你我很脫落——或者很多和我們一樣脫落的投考生，不過我們不認識吧——還跑到公園裡去乘涼。我們同由公園出來同搭電車時，約有九點多鐘了。這時候電車裡沒有幾個搭客，空席很多。你恰坐在我的對面。我那晚上在朋友家裡喝了點酒，還不很清醒，坐在電車裡只閉著眼睛打盹。引你注視我的就是我這樣的醜態——頭腦跟著電車一起一伏的搖動，滿臉通紅的在瞌睡的醜態。你終笑出聲來了。我聽見你的笑聲，忙睜著醉眼來向周圍張望。我這種茫然不得要領的態度更引你笑個不住。到後來我才發見笑我的就是你，坐在我的對席的你的笑聲是為我而發的。你看我注視你，你忙側過臉去，用手巾掩著嘴，還在忍笑。

「你這個女子真失禮！有什麼好笑！」我當時這樣的想著望了你一眼。只一望，我的微憤登時消失，我的靈魂登時給你的有 Charm 的圓黑的瞳子攝取去了。

「有生以來初次看見的美人！初次看見的天仙！」我當時起了這樣的感想。你的斷了髮的姿態更覺動人。

發見了你這個美人坐在我對面時，我的酒意也清醒了！

電車過了幾個小停留所，停止了後再行駛，停止了後再行駛，在這個短期間內，我不能不時時偷看你。但我看你時，你也在看我，我倆的視線有幾次碰著了。你的無邪的笑顏終再演給我看了。你對我笑了後，我也笑了。我們這次的相視一笑，完全是放電時的兩極的火花！最初一二次的望你，還覺得有點不好意思，經這次的相視而笑之後，我的膽大起來了，我再不客氣了，不轉瞬的痴望著你繼續了十分鐘以上。你看見我這樣的凝望你，你才紅著臉低下頭去。

電車到了 P 門內，你站了起來。我知道你要下車了。P 門離我住的旅舍還差三四個小停留站，我決意步行回去，跟你下了車。

你向大街左手的橫街進去。近十點多鐘了，街上很少行人，我也跟著你進了那條橫街。你幾次翻過頭來看我，看了我後就急急的跑。你後來不是說，怕我是個不良少年，對你有什麼意外的舉動，所以急急的逃避。在一個小胡同口，我追及你了，我用我的肩頭向你的肩膀擦過去。你忙翻過來怒視我——電柱上的電燈照著你的怒容給我看，——你終向我發言了。

「跟我來做什麼事！」你的 coquetish 的聲音在暗空中振動。你說了後，急急的走進那條單口小胡同裡去了。我望著你的倩影在胡同裡的一家小洋房子中消失了後，才步行回自己的旅舍來。

三

到了考試的那一天了，W大學校庭裡擁擠著千多的投考生，他們都不情願悶坐在黑暗而狹小的休息室裡面。

我——恐怕不止我一個人，所有男投考生都和我一樣吧走過女生休息室前，發見你端端正正的坐在一個椅子上，手裡拿一本書，大概在溫習今天要考的功課吧。我望見你時，初覺得不好意思，繼又感著一種驚喜。我免不得要停著足望你一望，我倆間像聯絡著有無線電波，你像知道在休息室門首望你的是我，你也翻過臉兒來。當我們倆的四條視線碰著時，我知道你心裡也感著一種意外的驚異。

事有湊巧，我們的座席不但編在同一個試場裡，並且座席還相毗連著。你還記得吧，試場裡的座席不是每行二十人嗎？我的坐位是第四行的六十八號，你的坐位是第五行的八十八號。若不是那幾個監考員——面貌像閻羅王吃著辣子般的可怕的監考員在高聲的警戒著我們，我定偷看你的試卷的內容了。但有一次我比你先繳卷，你的字寫得異常的娟秀，我已知道了。

我們正式的初次交談在什麼時候你還記得嗎？考數學那一天，你比我先繳卷。你站起來收拾鋼筆和墨水瓶時，我正在計算最後的一個三角題。我看見你先站了起來，心裡煩亂起來，想跟你出去，就把最後的一題犧牲了。揭曉時，你的名列在我的前面，也怕是這個緣故。我跟著你把試卷送到繳卷處了。你翻轉頭來望著我一笑。我當時想，我這回考不入選也算了，我的勞苦已經得了高價的報酬了。這個高價的報酬，就是你那天交卷時的對我一笑！

「今天的數學試題太難了！」我捉著了機會向你說了這一句。你竟賞了我個臉子。

「今天的題不算頂難，就是第四的幾何題有點難。其餘的幾題都算普通，適合我們的程度。」

「是的，不比N大學故意唱高調，專出難深的問題難為我們中學生。」

你再不說什麼了，只點了點頭就向外面去了。及今想來，我太膽怯了，我當時該跟著你出去。我想我跟了你去，你總不至於拒絕我不許伴你同走一程吧。但當時的我——在無邪的時代，也是在性的煩惱的時代的我——總覺跟著你去是一種可恥的不道德的行為，終把這樣好的機會失掉了。

我那晚上次到寓裡來只幻想著你的倩影，教科書雖然打開著擺在我的面前，但何曾寓目——只顧著幻想你。那裡有心思溫習！

幸得沒有下第。若下了第時，我定怨你，說是你害了我的。

第三天的考試科目為地理博物。有一個監考員穿著很漂亮的西裝，年紀也還輕，大約不過三十多歲吧。他常跑到你的座席去看你的答案。以你的美貌，引起了一班監考員的騷動，本不算什麼奇事。全場約有十多個監考員，沒有一個不在你座席旁邊多走幾回罷。但那位穿西裝的監考員到你座席邊來的回數特別的多。璉珊，我為你所受的損失不少了；因為監考員多在我們座席的附近徘徊，我的思索力因之陷於混亂的狀態了。不然我的入學試驗的成績不會這樣壞吧——不會由榜末數上去的第十名那樣壞吧。

不用我說了，我們進了學後，才知道那個穿漂亮的西裝的監考員就是高教授！當你把博物的試題解答完了後，站了起來收拾你的筆墨，高教授忙跑過來，要你手中的博物卷子看，你不是微笑著說。

「我都要繳卷了，還看末事？」

啊！你的 coquetish 的聲音又波動進我的耳雜裡來了，我的博物的答案再寫不下去了。博物是我頂得意的學科，但卻失敗了！

我們進了校後，以你為中心不絕地圍集了許多年輕的男性。第一是高教授——生理學兼解剖實習的教授。跟在高教授後面的有音樂教師C，本系的你的同鄉H，工科大學生M，醫科大學生F，教育系的二年生N和我七個人，算是包圍你的第一圈——最內圈的人物。以外的人都曉得對你絕望了，漸次的紛散了，只剩下我們七個做你的盲目的俘虜！不得志的同學們就替我們造了一個名詞——七星伴月！

在W大學校的你的確做了青年男性的禮讚的對象！

四

你沒有住校，你做了個走讀生，每天由你的伯父家裡來學校上課。七個人中要算我和高教授接近你的機會最多，因為我和你同系兼同級，高教授每天教我們的功課。按理我對你比高教授有優先權，對你表示愛的機會也比高教授多。我的失敗的原因，說出來或許你不願意聽下去，是為我沒有高教授那樣的學問，沒有高教授那樣的美貌，不像高教授那樣的有錢，不像高教授那樣的有膽量進行戀愛！論我的學問，只會念高教授的講義；論我的資格，不過是個大學預科生；論錢財，家裡並沒有充分的求學費寄來；並且我是個瘦弱身軀的所有者，沒有能得女性愛顧的風采；我也是個一和女性接近就會臉紅紅的怯懦者！

我還算是個在戀愛生活上由你得了一部分的裝飾的人。C音樂教師因為你去了職。你的同鄉H君因為你發狂了。工科學生M因為你犯了神經衰弱症，自殺了。醫科學生F因為你連年留了級，退了學。教育系的二年生N和我同病，犯了咯血症中途退學回家去。終至……啊！不說吧，說出來何等的傷心呢！

璉珊！我寫到這裡，不住地咳嗽，終咯了幾口血！看護婦進來看見我的病態，禁止我執筆！當看護婦禁止我寫字時，我便聯想起 The Lady with the Camelias 來了。我和她像同運命，所差異的我是男性，她是女性罷了！

但我的有意義的青春歷史何能讓它湮沒呢！前半部是歡愛的歷史，後半部是慘傷的歷史，我都不能讓它湮沒！看護婦去後，我還是繼續寫下去。

以你為中心，包圍著你的幾個男性，或因為你受了致命傷，或因為你成為社會上的落伍者。你聽見我這樣的說，你定會疑我把他們所蒙受的禍害的責任都移到你頭上去。你如果這樣想，那你就誤解我了。他們之為社會上的落伍者，他們之受致命傷，完全是他們咎由自取，當然無要你負責的理由。因為我深知你初在學的一二年中還沒有對異性發生戀愛的意識。勉強的說，要你負點責任的就是你那對深黑的瞳子，有曲線美的紅唇太把青年男性的情熱煽動起來了。我們的學校寄宿舍生活像在沙漠上一樣的枯燥；你的有曲線美的紅唇能潤溼我們的枯燥的生活。我們在性的煩悶期內的生活也像在深夜中一樣的幽暗，你的深黑的瞳子是一對明燈，照耀著我們。我們像夜間的飛蛾，都向著由你的瞳子發出來的火焰撲來，或被燒死，或受灼傷。但是火焰自身並不任咎，也沒有罪！那對明燈並不知道它們的火焰下橫陳著幾個飛蛾的死屍，仍然繼續著放射它們的美麗的光線。

我們稱你為 Innocent Queen！你真是個無邪的處女！你真是個不知罪惡為何物的處女！

璉珊，當時在你周圍的這幾個男性，互相排擠，互相傾陷，互相詛咒，互相憎惡，爭先恐後地撲進由你的那對瞳子所發出來的火焰中去。或受重傷，或殺其身。但你還是無感覺地仍然保持著你的無邪的處女之尊嚴，你那對深黑的瞳子仍然放射出純潔的光輝。

淘汰的結果，到後來只剩我和高教授沒有隕命也沒有負傷。我知道我們站在最後的一幕的前面來了——我和高教授互處於相剋，不能並立的位置來了。

我尊敬高教授是堂堂的一個紳士。我尊敬高教授是一個勤勉的科學研究家。他不單精通專門的生物學，在他的專門學問外，對文藝哲學也有相當的研究。其他的教授在圍坐著空談，圍坐著喝酒，耗費有用的時光。但高教授卻籠在實驗室裡翻參考書，看顯微鏡；的確是個有數的勤勉的科學家。

但我在這裡要說幾句赤裸裸的話，我因為你，我從那時候起——入學試驗那時候起，我對高教授就沒有好感，對高教授事事都抱曲解。我當他的篤學的態度是種誇炫。我當他的沉著的性格是偽善者的慣用手段。我一面讚許高教授的美點，一面別有一個「我」

戴著強度的色眼鏡觀察他。我那時候真夢想不到高教授是將來支配你一生的運命的人！因為我深信你是個女神，是個最高尚的處女！我想不單高教授，在這世界上沒有能夠自由轉移你的處女性的男性存在罷！誰知道我的想像完全錯了！

五

恐怕是我過於怯懦了吧。或過於追尋浪漫的夢了吧。我到此刻還不能由那空想的幻夢解脫出來呢！璉珊，你那裡知道我寫這句時是何等的傷心喲！

璉珊！我所描想的你的尊嚴而高尚的幻影就這樣輕易的給高教授一手破壞了。我的胸只印著一個名叫璉珊的大理石的塑像，我不敢褻瀆你，不敢說你是個屬一個男性的所有物；我只當你是永久的給歡悅與青春的人們的至上的藝術！

璉珊，你還記得吧。我第二年的暑假不是到K山去采高山植物，寄了許多標本給你嗎？我一面採草花，一面在胸裡描想你的深黑的瞳子和有曲線美的紅唇。回到家裡來的我沒有半點生趣，幸得利用寄標本給你的口實，每天寫封短簡或明片寄給你，以慰我的寂寞的情懷。我幾次想在信末加批一句，「我在這信籤上接了無數的吻寄給你」，但我終沒有這樣的勇氣。璉珊，你要可憐我是個怯懦者喲！

我在暑假期中沒有一刻不在胸裡描想你的倩影的。在煙雨迷濛的K山上採植物時思念你，冒著朝露在草原上摘野花時也思念你。戴著草笠坐在烈日之下時思念你，側臥在床上望窗外的明月時也思念你！誰知你就在這暑期內和高教授攜手並肩在耽享你們倆的戀愛之夢呢！

二個月的假期快滿了，我忙趕回學校來。我回到學校來時距開課時期還差兩星期。我上午到校，下午就到你的住家去訪你。我在途中，胸裡起了一種熱烈的鼓動。但我走到你的書房門首時，我的熱烈的鼓動就完全冷息了。映在我的網膜上的景像是——

開著南窗，學校裡的擴大率最高的顯微鏡搬在你的書案上來了。你和高教授頭接頭的輪著檢看顯微鏡下的標本。

你聽見我的足音，先翻轉頭來招呼我。隨後高教授也翻轉頭來，我不能不向我的最敬而又最恨的先生鞠躬了！在這瞬間，我自己能夠感得著我的臉色變成蒼白。我的沒有血色的上下唇不住地在顫動了。

我這時候的心和身給從沒有經驗的強烈的嫉妒和醜劣的猜疑激烈地燃燒著了。我呆呆地站在你的書房門首好一會，不知道進來好呢，還是回去好呢。

「我們接到你的信，知道你幾天內就會回來了。料不到你到得這樣快。進來坐嗎！」

璉珊，當你看見我時，不是說了這一句嗎？你的話裡面的「我們」二字引起了我不少的反感。

「進來談談嗎。」高教授也臉紅紅的微笑著看我，我知道他很不好意思的了。「你寄來的高山植物標本很多有價值的。」他再敷衍了一句。

我到了這時候，只得進來了，坐在你的書房的一隅。

「J君，你前學期試驗的成績很好！」高教授像不好意思到極點了，只把這些話來敷衍。

「我想你早就該回來的。我真的天天都在望你喲！你看你的臉晒成這個樣子，像個Negro了喲！」你不是這樣的笑我嗎？你真是個Innocent Queen，你說笑的態度，無論誰面前，都是很自然的。我看見了你的自然的態度，又覺得自己太卑劣了，剛才竟對你懷了一種醜惡的猜疑。

我很感激你，也起了不少的快感，因為你竟過來把我手中的草帽和夏布長褂子接過去掛在衣架上，並對我表示一種親切的微笑。你這時候的態度真的叫我感動，因為你的態度完全是做姊姊的對她的弟弟的態度。我不敢仰視你了。我同時又感著心裡對你起了一種醜惡之念，很可恥！

我當時想，你以姐姐的態度對我，我是很歡迎的。不過我想到，萬一要我叫高教授做姊夫時，那我就不情願了。

高教授像不好意思，過了一刻，他就告辭回去了。

高教授去了後，你把我寄給你的花草標本再拿出來給我看。經你的整理後，你一一夾在一冊大書裡面。你從書裡取出來托在掌上交給我。你的掌背的溫暖柔滑的感觸引起了我不少的興奮和快感。我倆的手觸著時，我看見你紅著臉，斜睇著我一笑。

六

璉珊，我戀你的程度一天深似一天，我的煩惱也愈陷愈深無從解脫了。你那時候思念我的程度如何雖不可知，而我則常常為你流淚。我自回校後，沒有從前那樣勤勉地清理我的校課了。我只喜歡耽讀各種文藝書籍，也時時學寫些「臨風灑淚，對月長吁」的一類文字。最奇怪的就是我常常無緣無故的悲楚起來，忍不住要流淚。每遇這樣精神奮激的時候，我便一個人跑到操場裡去，在無人的地方痛痛快快的灑一番悲淚，自我的精神變態後，看見你活活潑潑地和高教授談笑，我更感著一種無名的嫉妒，也對你懷恨起來了。璉珊，我會對你懷恨不是件奇事嗎？

璉珊，我的確戀愛著你，十二分的戀愛著你，但對你，我可以發誓說，我不敢望你為我的所有，因為我的確是自慚形穢！戀愛著你而不敢希望你為我之所有；是何等的一種矛盾喲！璉珊，我告訴你，我不敢希望你之為我所有，是因為我自知我抱有不治的遺傳病！告訴你，則你定急急的遠避我，不告訴你，自問良心上過不去！第二的原因，就是我為一個家無擔石的人。作算你對我的病深抱同情，願和我同甘苦，但我無足安置你的家，你跟著我同棲幾年後，難保你不後悔吧。

最痛心的，就是我沒有一次對你表示過我的戀愛。及今想來，你定會笑我愚笨吧。這半是因為我是個怯懦者，半是因為我有不願在你面前吐弱音的自負心。我怕我把戀愛向你表示了後，不得你的容納時，是何等的殺風景喲。

我告訴你一件事。因為這件事，我知對你的希望什九絕望了。秋深的一天，我和T君到杏花天酒樓去吃酒。我聽見隔壁大廳裡有高教授的聲音。T君從木柵縫隙偷望隔壁廳裡的來客，原來四個人都是我們學校裡的教授。一個是植物學教授章先生，一個是國文教授俞先生，一個是歷史教授謝先生，還有一個是高教授。

我聽見俞教授和謝教授同聲的說，「老高，老高！你的豔福真不淺！你居然獨占花魁了！我們都賀你一盅。」

「不錯，該賀的！我也賀一盅。今天要罰他做個東道才對。」老教授章先生也發他的風流的論調。

神經過敏的我馬上直覺著他們所說的花魁是你了。你想想，我當時聽見，如何的難過喲。

「學生間年輕的美少年不少呀，怎麼沒有一個和她生戀愛的？」謝教授在提出他的懷疑質問他們。

「她說，親口對我說，學生裡面沒有一個有出息的人。她說，同學中沒有可佩服的人，只有可憐憫的人。」

「啊！恭賀！恭賀！啊！吃酒！吃酒！我們預先替高教授和×女士舉個祝杯！」滑稽的俞教授在狂笑著催他們喝酒。

璉珊，大概我也在你的計算中的沒出息的一人了！我本不望你的佩服，只望能得你的憐憫。我能得你的憐憫，我死都情願了。

高教授只笑著說，「沒有的事，沒有的事！」但他口調是很得意的，馬上聽得出來。他當他們幾個教授前默認你是屬他的所有了。

從杏花天酒樓回來後的我，化身為兩個「我」了。我決意不再思念你了，但另一個「我」只管在催促我莫離開你。我本想請假，或竟退學回鄉下去養病，但另一個「我」又在逼著我要受學期試驗。

T君是我的摯友，他知道我的一切祕密，他知道我痴戀著你，他知道我因為你咯血。

他常流著淚勸慰我，勸我早回鄉下去調養。因為有你在前，摯友的忠告和勸慰終不生效力了。我太對不起我的摯友了。我當日若聽T君的忠告，我今日的病勢不會這樣沉重吧。

但是要死的還聽他死的好。失了你的我早無生存的價值了，就死了又何足惜！

七

璉珊，就今日的我的情形——失戀和疾病的情形而論，我後悔和你認識了。我若不認識你，我不會有今日的痛苦罷。璉珊，我近來的苦狀，恐怕不是你所能夢想得到的。

冬期的學期試驗完了後，我不是到你家裡去看你嗎？一鉤新月掛在西天角上，氣溫雖然很低，但沒有風，我沒有帶圍巾，也不覺得如何的寒冷。

我到你家裡時，你才吃過晚飯。你還在廳前抹臉，看見我很親熱的過來和我握手。

「請進房裡坐。我一刻就來。請到我書房裡坐。」

你這幾句話在我的冷息了的心房裡生了點溫氣。你房裡的暖爐裡生了火，裡面的溫度和外面的相差得很遠。我坐在你的房裡身心都溫暖了。

今晚上是我對你最後的訪問。

我只坐了刻，就向你辭別，告訴你我明天就動身回家去。我來時候，心裡準備著很多話要向你說，但坐在你面前，又說不出想說的百分之一來。

難得你竟踏著月色送我一程。

「高教授是個很和藹可親的人。但我總不很喜歡他，因為他的性質差不多和女性一樣。」你忽然對我說了這幾句話。神經過敏的我只當你因和高教授親近而自慚，故隨便說這幾句無聊的話來安慰我。但我聽見了後，也不便加什麼批評。

「做了人對各方面總不免有點牽扯不自由。我們能夠到不受任何種感情的支配的地方去就好了。」你說了後，又嘆了口氣。

「是的，我總想我們能夠到沒有人類的地方去！」我在這瞬間，又覺得他們說的話都是謠言，不是真的了。高教授雖然愛你，你不見得定屬意他吧。但我翻顧著天仙一樣的你，同時思念到蒼黑瘦弱的我，又自慚形穢。我覺和你並著肩走，不褻瀆了你嗎？

新月早在水平線下隱了形，只我兩個人全浴在幽寂寒冷的暗空中。我們默默的在街道上行了一會，都像耽溺在一種空想裡面。

「就這個樣子告永訣嗎？這是如何難堪的事！」我終流下淚來了。在這暗空中，大概你沒有看見吧。走到大街口來了，你停著足向我說「再會」。我愈覺得悲楚，不知不覺的握了你的雙手，像兄妹握手般的，握了你的雙手。

「你的手多美麗！」

你伸著雙掌給我，任我撫摸了一會。你像在說，「我們的會面只有今晚了，這一點點的親愛還吝惜著不表示也近人情嗎？」

我的神經過敏，事事都對你抱曲解。

我在這瞬間，心臟起了一種高激的鼓動。這種鼓動在生理上引起了一種難堪的痛苦。我很想乘勢擁抱著你接吻，但一念及我的可詛咒的疾病，忙放了你的手。

第二天我動身向故鄉出發，三天之後我回到家裡來了。我在途中只後悔前幾晚上不該輕輕的放過了你。我只望年假快點過去，早點來學校會你。

我回到家裡後一星期，接到 T 君寄來一封信，他告訴我你已經知道我的病了。他又告訴我，你托他向我致意，並望我調攝身體。我讀了 T 君這封信，我的身體像掉在絕望的深淵裡去了，我想你必因我的病而厭棄我，連絲毫的餘情都不再給我了吧。我自己對我的痼疾尚且萬分厭棄，何況他人呢。

我在家中住了三星期了。在這三星期間咯了四次血。我的病又像加重了些，遠因是學期考試時，用功過度了，近因是這兩三星期間天氣太冷，我傷了寒，體溫高至四十度。繼續著靜臥了十多天才平復下去。我想我不久就要和 N 君同運命了罷。

八

舊曆十二月的中旬了。村裡的人們都在忙忙碌碌地準備迎他們的新歲。他們一年間的勞苦已告終了，各人都元氣旺盛的繼續著向他的生活的道程前進。我對他們懷著一種嫉妒。覺得他們都是在嘲笑自己的病弱。

記不清是那一天了，那天的天氣和暖，可愛的太陽，整天的照在我們頂上。我吃過午飯，精神稍覺舒暢，決意到野外去轉一轉，呼吸新清空氣，因為我不出戶外，快要滿一個月了。

提著一根手杖，雙足運著病軀走到屋後的一條溪水附近來了。溪的兩岸叢生著雜草，有認識的，有不認識的。到了後來我發現了一種植物——只聽過先生的講義，沒有看見過實物的屬禾本科的串珠草，它的學名是 Coix Lacryma-obi，就是我們從前戲譯它做「約伯之淚」的。你大概還記得吧。章教授只會暗記它的學名，至約伯出自何書，他並不知道。同級的專做績分奴隸的蠢蟲們當然更不知道。知道約伯的典的只有我和你兩個人。我們望見章教授在黑板上寫出這個學名來時，我們不是相望而笑嗎？下課後，你還告訴我約伯那篇的文章很好，勸我買一部聖經來讀。我本來不喜歡聖經的，但因為是你的命令，我

約伯之淚

終買了一本裝訂很精美的新舊約合本，遵著你的命令一篇一篇的念。

我發見了「約伯之淚」和遇著你一樣的歡喜，因為它的確是聯結我們間感情的紀念物！我采了幾枝回來，打算寄二三枝給你，這種植物並沒有什麼美觀，但我一念及它的名，心裡就受著一種感動。

採了「約伯之淚」後，身心都感著一種疲勞，我再無力遠行，只得咳嗽著緩步回來。那晚上，我禁不住翻開那篇書來看。我無意中翻到第六章第八節以下的一段了：

……Oh that I might have my request; and that Godwould grant me the thing that I long for!
Even that it would please God to destroy me; that hewould let loose his hand, and cut me off!
Then should I yet have comfort; yea, I would hardenmyself in sorrow: let him not spare; for
I have not concealedthe words of the Holy One.
What is my strength, that I should hope? and what ismine end, that I should prolong my life?
Is my strength the strength of stones? or is my flesh ofbrass?
Is not my help in me? and is wisdom driven quite fromme? ……

我不是把這幾節抄下來，不再寫信的，和「約伯之淚」一同寄給你了嗎？

我住在家裡，憐憫我的人只有我的老母和鄰家的少女了。鄰家的女兒只十三歲，她知道我的病，但她並不恐怕，時常跟著我來在田野間散步，大概她是沒有關於這種傳染病的知識吧，但我只當她是因愛我而不畏避我的病。按理，我自己應當遠離一般健康的人。但我對畏避我的病的人總是抱反感。對不畏避我的病的人便生無窮的感激！在這世界中只有她——鄰家的少女可以算是我的知己吧！

我自己知道我的病無恢復的希望了，我自暴自棄的想早點結束自己的一身。但同時希望著能有一個人和我一同死。能得一個人——尤其是女性——和我一同死時，我可以說是不虛生了。但我的目標不在你的身上就移到鄰家的少女身上了。對你，我可以說是全無希望的了。但乘她的無智，強要鄰家少女為我犧牲她的如旭日之初升，有無窮的希望之身，在我的良心上是不忍做的事。

但是另一個「我」常在催促我早點覓個機會向鄰家的少女要求接吻，把病毒傳染給她。她大概不會拒絕我吧。

我聯想至假定向你要求接吻時的你的態度了。你不知道我有病毒時，不會拒絕我的要求吧。但現在你已知道我的病了，對你早絕望了。

九

鄰家的少女在我眼中算是頂美麗的女性了。我的戀態心理幾次逼著我想去要求她的生命為我的犧牲。一種欲逼看我想去和她接吻。

我隨後聯想到對她的犧牲我應當提出的代價。但我是個前途黑暗的人，能提出什麼代價呢！盡我的物質的所有，不過三五畝田，一頭牛，幾頭豚吧了。但這些都是我的父親生前辛辛苦苦掙下來遺給我的和母親終年勞苦不息的產物！

「母親！你只有一個兒子，但快要死了的！我死了後，你也快會死吧！沒有我，你那裡還有勇氣生存！所以我叫你不要再辛辛苦苦的耕作和飼養這牛豚了。都送給鄰家吧！因為我們死了後，鄰家的少女也會跟著我們來，我們也不至於寂寞。」我幾次想這樣的對我的老母說。

「×兒，你的精神今天好了些嗎？沒有血了吧！」母親說了後蹙著雙眉，嘆了口氣。她的多皺紋的焦黃色的雙頰不住在微振。說了後又踉踉蹌蹌的跑向柴房裡去了。我看見老母的衰老的樣子和聽見她的悲嘆，剛才想說的話終不敢說出口來了。

我此刻領略到老母的傷心了——看望獨生的兒子患不治之病，每天只她一個人在煩憂和勞苦中的傷心。我此刻才領略到了。

「母親，母親，你看見你的兒子患這樣的病，你的腦中就不斷地描想著父親咯血而死的情狀吧。」

璉珊，你聽見我去年冬在家度這樣的慘傷的生活時，你總不至於全無感動吧。

璉珊，我真是個可憐人，在這荒涼的山村中，只一個能和我暢談衷曲的鄰家的少女也離開我了，離開了她的我真的是個孤獨者了！雖有老母，但我不情願和她多說話，也不忍和她多作傷心之談。因我一啟口再說不出樂觀的話來了。

快要過新年的一天下午，我一個人倚著手杖站立屋後溪水上面的石橋上俯瞰著流水。我看了一會抬起頭來，望見鄰家的少女急喘著跑向石橋邊來。

「×哥！」她只叫了我一聲，紅著臉不說下去了。

「什麼事？你這樣的急喘著跑了來。」

「對不住了，我問你，你是不是患肺癆病？」她說了後睜著她的無邪的眼睛仰視著我。

我聽見她的這一問，像聽見霹靂般的，一時不會回答她，只覺胸的內部緊痛著，忙用左手按著胸口。

過了好一會。

「誰對你說的？」我意氣消沉的反問她。我想在這茫茫的世界中，我只有這個小朋友，無邪的女性的友人也快要給這種可詛咒的病奪了去了。我想到這點，我心裡感著一種哀傷！我不該不早告訴她我是個患肺病的人，我太自私自利了。我太無道德了。璉珊，我並沒有——也不情願把咯血的事告訴你，但終給你知道了。我又還想瞞這個天真爛漫的少女，但也終給她曉得了。

「家裡的母親說，你天天吐血，像嘔酒般的吐血！」

「還說了些什麼話？」

「母親叫不要再和你親近。叫我不要再跟著你走路。」

「你母親說的話是真的。你以後不要跟了我來，不要和我說話吧。」我說了後黃豆粒般大的淚珠一顆一顆的掉在石橋上面了。

我在石橋上痴站了一會，覺得雙腿有點痠軟，忙蹲下來。鄰家的少女看見我蹲下來了，她也蹲下來。
「×哥，我不和你說話，你就這樣的傷心嗎？那麼我不給我的母親知道，還是和你一路玩吧。」少女忙湊近前來安慰我。璉珊，在這瞬間自暴自棄的思想，險些叫我向她犯罪了。我的唇待翻過來向她的嘴邊送時。她忙站了起來。
「臭！×哥，你呼出的氣息很臭！」她用她的小袖掩著她的鼻，蹙著眉凝望我。
璉珊。你可以想像得出來，當時的我如何的難過喲！不單難過，她竟向我宣布了我的死刑！

十

璉珊，我的老母看見我的病勢沉重，把她飼養了一年多的肥豚賣給肉店裡，向縣城德國教會辦的醫院請了一個西醫來看我。

醫生診察了後，像知道我的病身是再無希望了，但他不便說出來。他只給了我兩瓶藥水，一瓶是飯前喝的，一瓶是飯後喝的。他聽我每天還在喝酒，便要我戒酒。

醫生來一回，老母便化錢不少。三元的轎費，五元的診察費，兩元多的藥費和款待他們的酒菜等要十二三塊錢。隔一天還要雇一個人到縣城去檢藥並報告病狀。但取回來的，還是一瓶黃藥水和一瓶黑藥水。我常看見母親一個人在廚房裡流淚。我看見了後忙輕輕地退回自己房裡來。老母的傷心，當然是為賣肥豚的錢快要用完而我的病狀卻沒有變化。

我不聽醫生的忠言，每天還要喝酒。老母哭著哀求我，要我暫時停杯。我沒有法子，不敢在家裡喝酒了，我只一個人跑到村街裡的一家小酒店裡去祕密的痛飲。村裡的人們沒有不知道的，只瞞我的老母一個人了。

璉珊，我一個人覺得一停酒杯，心裡就萬分難過。一思念及你已屬他人的所有了，我的心房就快要碎裂般的難過。我不能不喝酒！要喝酒把這樣的痛苦的歲月昏昏沉沉的度過去。

酒店的後面是幾家用木柵圍築起來的民房，可以說是個貧民窟。有織襪的，有剪頭髮的，有做木匠的，有拉車的。聽說那個剪髮匠一天的收入不滿五百錢，不夠他一個人的伙食費。但他有妻，有一個十二三歲的女兒。妻現在又做了第二個女兒的母親了。

酒店裡的人說，一天兩頓稀飯，他的妻若不預先留兩碗藏起，讓剪髮匠一個人吃時是沒有餘剩的。因為他的胃袋像橡膠製的，不論飯量多少都裝得進去。他不管妻和女兒有得吃沒有得吃，他一個人吃飽了就跑出去了。他的妻女看見他走了後才把留下來的稀飯拿出來吃。有時候聽見他的足音，他的妻女又忙把才吃了幾口的稀飯再藏在櫥裡去。他的女兒常跑出酒店門口向街路的兩端張望。

「你的爸早跑了，安心吃飯去吧！」酒店中人笑著和她說了後，她就忙跑回家裡去報告她的母親可以把稀飯端出來吃了。

單靠剪髮匠的收入，不夠他們一家的生活費，剪髮匠的妻替人家的小孩子們做小鞋子，把所得的湊起來，才把一家三口的生活維持過去。自他的妻生了第二個女兒後，不單產褥期內的一切用費無從出，連做小鞋子的一部分收入也沒有了。我每到酒店喝酒，就聽見嬰兒的啼音和產婦的哭聲。酒店中人說，沒有錢請接生婦，連臍帶都是產婦自己斷的。

剪髮的躲了兩三天不回來，產婦和她的大女兒餓了三天了，幸得鄰近的人分給了點稀飯和米湯才把她們的生命維持起來。

璉珊，我是個神經衰弱的人，聽見她們母女的哭聲，我的眼淚早準備著流了。聽見了這些哀話後，眼淚就掉下來了。

我在那時候，說不盡心裡的苦悶，喝了幾盅悶酒後，不給他們知道，走到酒店後的剪髮匠家門首來。我在門首叫了一會，十二三歲的女兒走出來，我忙把衣袋中剩下來的七八個小銀角子交給她。

「你去告訴你的母親，拿去買米吃吧！」我說了後急急的離開那家貧民窟。那小女兒接了銀角子後，只睜著驚異之眼不轉睛的望著我。

璉珊，後來我才曉得我的老母那天給我的銀角子，是把我們家裡的米賣了兩斗的代價。我們母子已經是很可憐的人了，誰知還有比我更可憐的人！

半個月後的一天下午，我循例到那酒店來時，店中人說剪髮匠在做小棺了——借他的做木匠的鄰人的鋸斧做小棺了。好奇心引我到店後去看那剪髮匠做棺木。並不算什麼棺木，是個長方形的木箱子罷了。剪髮匠一面刨一塊長方形的木板，一面也居然流著眼淚了。

酒店裡人說，那個產婦睡了三天就起了床，她敵不住飢餓，託人找了一個人家當奶媽去。過了十天她就把自己的嬰兒交給大的女兒抱，自己就出門當奶媽去了。每吃過晚飯就回來看一次，給點奶給自己的嬰兒吃。只有半點多鐘的工夫，又要急急地跑回僱主的公館裡去。每晚上睡醒來摸不著母親的嬰兒的痛哭，真的叫聽見的人敵不住，個個都為那個小生命流淚。

嬰兒今天早上死了。她的父親沒有錢買小棺木給她，只得自己做，把廚房的門和兩扇窗扉做材料。

母親還在餵奶給別人的兒子吃，不知道自己的嬰兒因沒有奶吃死了呢！璉珊，你想這是如何的殘酷的社會，又如何的矛盾的人生喲！

有生以來，我像所聽見的，所看見的都是這一類哀慘的、令人寡歡的事實。這個世界完全是個無情的世界！

十一

我回到酒店裡來，感著一種悲哀，坐在酒堂的一隅沉默的喝酒。我想欲去這種悲哀唯有痛飲！我的母親若看見我的痛飲的狀態，不知如何的傷心呢！

——啊！母親呀！母親！我的不孝之罪，真萬死莫贖了！但我並不是立意要做個不孝的兒子。我是無意識的不知不覺間成為不孝的人了！母親！我知道你沒有一點野心。你並不希望我做大政治家，也不希望我做大富豪，你更不希望我做大學者，也不希望我做在現代有最高的權威的軍人！我深知你只希望我的病早日痊癒，只希望我的身體早日恢復健康！但是，母親，你那裡知道我是個廢人了，是個前途絕望了的人！我深知你只希望我的病能夠早日痊癒，你就做你的兒子的牛馬亦所不辭！但是做兒子的再不忍看著母親做兒子的奴隸牛馬而永不得相當的報酬！我再不忍母親為我受苦了！我今決意了！母親，你遲早都有傷心痛哭的一天。經一次的傷心痛哭之後，你得早日由痛苦解脫出來。母親，我不願再看你每天為我的病受罪了！——

我一邊喝酒，一邊起了這種自暴自棄的思想。璉珊，我思念到我的慘痛的運命，不能不歸怨於你了。

我喝了幾盅熱酒後，望見外面的天色忽然陰暗起來。像快要下雪的樣子，空氣非常的寒冷，但我的體溫陡增起來，皮膚的寒感更覺銳敏。我不住地在打寒抖。我待要站起來準備回去，但鮮血已經湧至我的喉頭來了。

我醒過來的時候，我發見我的老母親坐在我的枕畔垂淚。

「媽！什麼時候了？」我氣息微弱的問她。

「快要天亮了吧。你此刻怎麼樣？精神好了些嗎？」

我只點了點頭。母親說，我今天咯血過多了。醫生來說，體溫能夠低下，就不會有意外的危險。但我的雙頰還異常的灼熱，四肢的溫度比較平時也高得多。

到了第二天，我望見書案上有幾封信，我要母親拿過來給我看。母親說，醫生吩咐過，體溫未低下以前，不許讀書和有刺激性的信件，母親苦求我等病好了些後再看。但我執意不肯。母親看見我要坐起來時，只得把那幾封信給我。我在這幾封信裡面發見了T君由學校寄來的一封信，我忙先拆開來讀。我讀了這封信後，苦悶了半天，到了早晨八點多鐘，才靜息了的鮮血再由肺部湧上來。

璉珊，我不知恨你好呢還是恨T君好。T君這封信是報告你和高教授的婚約已經成立了。璉珊，這本來是我意料中的事，T君這封信，不過在我的舊傷口下再刺一針吧了。

我的青春的歷史快讀到最後的一頁了。

璉珊，我對你們的婚約並不懷嫉妒，我只恨你。知道你眼中的我和高教授的比較，我也自知對高教授無懷嫉妒的資格。但精神上殺了我的還是璉珊！

我終於出縣城進了病院了。循環在我腦中的是酒，血痰，肺結核，女性，學校，退學，約伯之淚，璉珊，高教授這些東西！

T君突然的到病院裡來看我，把你和高教授的婚期告知我了。我對你再無戀也無恨了！這是我最後不能不告訴你的！

我只覺得我的周圍完全黑暗！

看護婦每天替我在我的被縟上灑兩次香水。但她每次還是用她的袖口掩著鼻孔進來。T君進來時，也同樣的用手巾掩著鼻孔，進來後又連吐了幾口口沫。

「臭？」我不得不伸手向病床邊的小臺上的香水取過來交給T君。

「她說，她想來看你的病呢。」這恐怕是T君說謊來安慰我的吧。

「她還來我這裡？我也不希罕她的來訪了。」我只能苦笑著向T君。

璉珊，你就真的想來，我也不許你進我這房裡來。除了我的老母外，在這世界中再沒有人願意進我這房裡來的了。

璉珊，我最後抄「約伯」第十七章裡面的幾句在下面寄給你吧：

……My breath is corrupt, my days are extinct, thegraves are ready for me.

……Are there not mockers with me? and doth not mineeye continue in their provocation?

……Lay down now, put me in a surety with thee; who ishe that will strike hands with me? ……

約伯之淚

蔻拉梭

蔻拉梭

一

「文如先生。」靜媛由進校之日起直到今天，這四年間都是這樣的叫劉文如叫慣了的。其實對教員的稱呼把別字冠在先生二字的頭上不算得什麼希奇。不過在學校裡學生們一般都稱文如為劉先生，沒有一個叫文如先生的，並且這位劉先生在教員們中又特別的年輕，他們聽見靜媛對劉教員叫文如先生時，同學們都嘲笑她。但經她的辯明後，同學也就都承認她對劉先生有特別親暱的稱呼的權利了。她的辯明是劉文如是她的父親的學生，她未考進女子師範之前早就認識了的。

今晚上她雖然紅著臉，但她的態度並沒有一點不自然的還是平時般的「文如先生，文如先生，」的叫。

「文如先生，我就替你斟一盅吧，可是喝完了這一盅不許再喝的了喲。」靜媛的左手按在食桌上，右手把一個香檳酒瓶高高的提起。

K公園旁邊的一家咖啡店樓上的一隅，有一張長方形的食臺，文如和靜媛在明亮的電燈下夾著食臺對坐著。

「好了，好了。難得你答應了，講個價吧。你替我斟兩盅。喝完了這一盅加喝一盅，以後再不喝了。」文如喝得雙頰通紅的微笑著望靜媛。

「文如先生真的喝醉了。你看全沒有先生的樣子了。」靜媛也嫣然把兩列貝齒露出來。靜媛剪了髮，短髮垂肩的向後披，另具一種風姿。但她的臉色與其說是白色，寧說是蒼白。她的美的特徵，由文如看來，就是那兩列貝齒和兩個黑水珠般的瞳子。

「你再喝一盅吧，Curacao！喝了後臉色好看些。」

「說的什麼！要這樣好看做什麼！」靜媛斂了笑容，抈著嘴低下頭去。

「那麼再叫一碟 Tongue Stew 吧。你是喜歡吃 Tongne Stew 的。」他一面說，一面按臺上的呼鈴。

「不要了，我飽得很。」

女僕聽見呼鈴忙由樓下跑上來，走到他們食臺旁，向靜媛點了點頭。

「太太要什麼？」

「討厭！」靜媛兩手安放在膝上拖著雪白的圍巾，說了後翻臉向壁那邊。

「再做一碟 Tongue Stew 來，你去對廚房說。」文如笑著吩咐那女僕。女僕卻莫名其妙的。

「我說不要就不要了的，別叫他做了。」

「你不要，我吃吧。」文如笑著看了看靜媛後，再翻向女僕，「你就下去叫他們做來吧。」

「是的。」女僕答應著下去了。她不當他們倆是夫婦也當他們倆是快要成夫婦的戀愛之侶。

靜媛從小身體就不很強健，高等小學畢業那年已經十七歲了。那年的秋初她的父親胡博士患了腸熱症一病死了。靜媛因為父親新死，十八歲那年就沒有升學。她的母親陸氏因她身體不好，家中人手又少，不想再叫她升學。但靜媛無論如何不能聽從母親的主張，執意非進女子師範不可。文如是胡博士在高等師範當教授時代的得意門生，在中學就常在胡博士家裡出入。畢業之後也由博士的推薦得在女子師範裡占一個教席——數學教員。

陸氏敵不過女兒的堅執，到後來終答應靜媛升學，升進女子師範去了。幸得她們的住家離女子師範不遠，靜媛做了個走讀生朝去暮回。

靜媛近一個月來，全變了她的平時的態度了。她平日在級中有說有笑的，近來整天的一個人坐在書案前沉默著。同學向她說話時她也只問一句答一句全無精神的。

陸夫人遵守著亡夫的遺言，對文如是絕對信用的。兼之文如是有了妻室的人——不單結了婚，還有兒女了——所以陸夫人對文如和靜媛的交際從不曾抱過一次的猜疑。但她對其他在靜媛周圍的青年男性警備得異常嚴密。

「你在學校裡有什麼疑難的事情請教文如先生就好了。」陸夫人常這樣的囑咐她的女兒。

去年冬，靜媛以第一名的成績在女子師範畢了業，現在又過了新年，度她的二十三歲的初春了。靜媛又想在今年的暑期投考男女同校的高等師範——文如先生的母校。自畢業後，差不多每天都到文如家裡來。文如不在家時，就和文如夫人談，商量如何才能夠得母親的同意答應她升學到高等師範去。

陸夫人因為女兒達了相當的年齡了。是該擇婿的年齡了。無論如何再不能讓她的女兒念書念到三十歲。

「你不答應我升學，我誓不嫁人。」靜媛到後來終哭著說出這句話來。因為她聽見母親已替她看好了一個夫婿，是個稻米商的少爺，家裡很有錢的。

「你想念書到頭髮白嗎？到你念完了書時，怕找不到相當的人家了！」

「難道女人不嫁人，就活不成！」靜媛高聲的應她的母親。

女兒因為母親頑固不讓她有戀愛的自由，忙跑去告訴文如先生，要文如先生去規勸她的母親。母親也因為女兒取了反抗態度，怕她把千辛萬苦找到來的有錢的婿家破壞了，也叫人到文如家來請他到她家裡去商量，要他教戒她的女兒，毋違母命。

二

「我也和師母一樣的主張，女兒到了相當年齡還是早點結婚的好，免至生出別的意外來。不過要幾分讓她自己有自由的主張。她如果十分不情願時，那就勉強不得。」

今天下午文如果然應了胡師母的請求跑到靜媛家裡來了，在胡博士生前的書房裡和陸夫人對坐著，聽過了陸夫人一大篇的話後才把他的意思說出來。

「她近來的臉色更覺得蒼白了些，又常常說頭暈。看她的身體比念書時候更不行了。女人到了相當的年齡有許多說不出來的心思，所以還是早些替她找妥了婿家送過去就好了。說不情願，不情願，那是一般女人的常態。結了婚後就不再說不情願了。劉先生，我安心了。今天聽見你也不贊成她再升學到高等師範去，我很安心了。至她對婚事的意見如何，還望你祕密地問她。她是不好意思直直捷捷向我說的。有勞劉先生了。」

「她有什麼心思不對你做母親的說，反對我男人說嗎？還是請她到我家裡去，讓我的女人再問問她看。據我的女人說，她無論如何是不情願和那一家結親。」文如也和靜媛一樣的反對無學識的米商的兒子。

「劉先生，你勸勸她看，她或能聽你的話。從前年起不止提了十家八家了，她都說不情願。那時候她還沒畢業，就聽她的自由，不成功也罷了。好容易找了相當的人家！她的歲數比一般的女兒就遲了幾年，再放過了這一家，以後怕難找趕得上那一家的了。」

「或者她自己有意中人也說不定。」文如微笑著說。他覺得心裡起了一種矛盾，一方面贊成陸夫人的主張要早點替靜媛完結她的婚事，一方面又感著一種嫉妒。覺得這麼可愛的小鳥兒就這樣無條件的送給別人，太可惜了般的。但他一念到自己是個有了妻子的人又感著自己的醜劣。

「劉先生，你還在說笑！我就擔心她這一點。」陸夫人說到這一句聲音低了下來湊近前來說。「我們的家庭怎麼能給外面的人們說閒話呢？年輕人有什麼見識！說什麼自由戀愛！結局害死了許多良家女兒吧了。氣死了這些女兒的父母吧了。你的母校高等師範的名譽就不很好，聽說有男學生帶女學生在外邊歇宿的。」

「沒有的事吧！他們造謠的吧！那有這樣的事。現在的校長嚴厲得很，每晚上男女寄宿舍都要點名的。」

「有這樣的事沒有這樣的事，我沒有親眼看見過，不過我聽見親眼看見過的人說的。

她這個人老實不過，絕不會造謠的。」

「是誰說的？」文如到了這時候也有點不敢替他的母校擔保了。他想到高等師範的校長辭了職——給反對他的幾個學生逼走了——已經離校兩三天了。學校的紀律因校長去了後無人負責就渙散起來了也說不定。

「我家裡的新來的老媽子說的。但她說男的是你的母校的學生。女的是你的學生！」陸夫人說到這裡也笑了。「什麼話！」文如真的嚇了一跳。

「女子師範的學生！」

「女子師範？」

「你那個學校管理規則本來就不十分嚴。因為住寄宿舍反生出許多不妥當的事情來。」

「你那老媽子怎麼說？」

「她沒有到我家裡時在N街的一家公館裡做。她進去了後才曉得那家公館是個祕密窟。女主人是個流娼，因為年紀老了就到這個學風不好的K地來誘惑不良的青年男女，租了那家房子。晝間做賭館，夜晚做娼寮。日夜輪流不息的有許多青年男女來來往往。過了幾天才知道他們都是學生。因為他們一面打麻雀一面說笑，所說的都是關於學校的事情。這個老媽子在那邊每晚上不到十二點不得睡，挨不過苦，所以跑了出來。」

「現代學生說到學問的工夫就是他們的敵。高興時上上講堂聽一聽講。不高興時就在宿舍裡睡覺。溫習工夫是不做的，考試是反對的，但是文憑是要的。」文如說了後笑了起來。

「幸得靜兒沒有住寄宿舍，也幸得畢業了。」

「就住寄宿舍她也不會像她們般的不自愛。她是很謹慎的人。」

「她雖然畢了業，但我還很擔心呢。所以我要把她的婚事早一點解決。」

「這些事情做父母的擔心不了的。做父母的自己不能每天整天的守著年紀大了的女兒，又不能禁止她外出，所以我想在相當的範圍內還是讓她自由戀愛，自由結婚的好。」

「啊呀，啊呀，不得了。你做先生的都有這樣的主張，望你規勸她是絕無希望的了。」陸夫人終跟著文如笑了。她信文如是和她說笑，他結局非贊助她的主張不可的。

在道義上說，文如無論如何不能拒絕陸夫人的委託。他想借這個機會多和靜媛親近也好，一方面也樂得對陸夫人做個人情。他雖然沒有深知靜媛的心的自信，但對這一點——靜媛對自己最少有一種好感的一點是有充分的自信的。三四年來師生間的談笑有時候更深進一層變為互相調笑——包含著許多暗示的調笑了。文如雖由陸夫人的這種委託生了一種幻想——有快感的幻想，但他同時並沒有一點不忠實的念頭——不履行陸夫人的委託。不過他是這樣想的：盡情的勸勸她看，照著她的母親所希望的勸勸她看。自己對她不能說達到了戀愛的程度吧。還是勸她早點結婚的好，可以省卻許多煩惱——日後終免不得在他和她之間發生出來的煩惱。但他由這種煩惱發生的預想就證明他對她有了一種愛惜——不忍坐看她給他人奪了去的愛惜。到後來他發見他目前已經沉浸在苦悶中了。

讓她去吧。勸她早點嫁人的好。她嫁了後自己更可以和她自由的交際。在師生的關係之外，還可以把她作個忘年膩友呢。更深進一步，或者……他暗想到這一點，覺得雙頰發熱的，很擔心陸夫人會注意及他的這種態度。

只一瞬間文如在他的腦裡縈環的細想了幾回。他到後來得了一個結案，就是盡情地忠實地勸勸她看，她答應不答應就任她的自由了。作算她的心趨向自己這邊來時，自己也無力去拒絕她了。

三

劉文如受了陸夫人的委託，答應替她勸靜媛聽從母親的主張。得了陸夫人的同意，文如要靜媛到他家裡去歇一宵，他可以和他的夫人慢慢的勸她。

文如在陸夫人家裡吃了晚飯後，靜媛很高興的跟了文如由家裡出來。陰曆二月的初春天氣，好幾天不見太陽了。氣溫近半個月來沒有像今天這樣的低下。滿天布著暗灰色的亂雲，像快要下雪般的。

靜媛把純白的絨織圍巾緊緊的纏在頸部，跟在文如的後面慢慢的走。她的趾尖和指尖像冰塊般的。

「我不走那條路！城隍廟後街黑暗得可怕！」文如和靜媛兩人走到一個分歧點上來了。左面一條大路是通到熱鬧的大馬路上去的，右面一條小路是往文如的家裡的近道，要經過城隍廟後的一條小街。靜媛站在這個分歧點上向文如撒嬌般的歪著頭說。

「那麼我們到大街上轉一轉，由文昌路那邊回去吧。好不好？」文如笑顧著靜媛。靜媛點了點頭。

「你不覺得冷嗎？」文如再問她，她又搖一搖頭。

兩人走出大街上來時，已是滿街燈火了。他們倆在大洋貨店的玻璃樹前站一站，眺望裡面陳設的物品。他們又在本市有名的首飾寶石店裡轉了一轉。在煤氣燈光和電燈光的合成光波中金碧輝煌的裝飾品和寶石把他們的視線眩迷得紛亂起來了。

「那個買給你好嗎？那個有Dia的戒指。」文如顧著靜媛笑。「我看要多少錢。」他笑著低下頭去望玻璃匣裡的那個指環的標價的紙片。「五百八十元！」他低聲的念了後，笑著伸出舌頭來。

「你發什麼夢！先生的半年的薪水還不夠買那個戒指吧。一年的薪水就差不多了。劉師母說，她就沒有一個金戒指。那個十八金的價值七八元的買一個給她吧，怪可憐的。」靜媛說了後也笑了。

他們倆出了寶石店走到X劇場前來了。

「我們聽聽戲好嗎？」文如站住了足望戲院牆上貼著的紅紙條，紅紙條上面寫的是《晴雯補裘》、《百里奚遇妻》等名目。「不，聽了戲出來怕時候遲了。我們還是到什麼地方去坐坐吧。」文如隨即取消了自己的動議。

「怕回去遲了挨罵，挨師母的罵！」靜媛笑著站在文如的肩後。

「明天不是星期日，還要上課呢。」文如也笑了。「我們到那家咖啡店去喝紅茶吧。吃點西菜也好。你家裡沒有酒喝，光是吃飯，我總像沒有吃飽般的。你不是喜歡吃 Tongue Stew 嗎？你也吃一兩碟菜吧。」

「Rose Cafo？」靜媛仰著首問文如。

「……」文如只點了點頭。

兩個人才踏進咖啡店，就有兩三個女僕迎上來。

「樓上有空位沒有？」

「有的！」一個歲數較多的女僕引他們到樓上來。有眷屬同伴的男客，年輕貌美的女僕絕不去招待的。K 市的咖啡店兼用女侍僕是近這二三年開創的新例，他們稱這班飲食店的女侍僕為女招待，不過近來又有警務處禁用女侍僕的傳說了。

靜媛望著那些女招待的不自然的態度和聲音，連蹙了幾次眉頭。

「我說到公園去轉一轉。你偏要到這裡來。」靜媛才踏上扶梯禁不住雙頰和兩個耳朵發熱，跟在文如後頭嬌情的說了一句。

「公園就在這旁邊。」先走的女僕很懇意的告訴他們。

「誰不知道！」靜媛在文如後面低聲的說。

「喝過幾盅酒後去吧。此刻天氣冷。」文如在樓後層的一隅揀了一個食臺。自己坐在前面，叫靜媛坐進裡面的一個椅位。

兩個人對坐下去了後，站在旁邊的女招待就問他們要喝什麼酒。

「靜媛！你愛喝什麼酒？」

「我也喝一兩盅酒，可以？」靜媛紅著雙頰含笑向她的受業師。在文如的眼中的今晚上的靜媛——浴在電光中的靜媛，分外的美麗。

「有什麼不可以？」文如微笑著耽看坐在他面前的嬌小的女門生。「喝什麼酒？」

「我要吃很時髦的酒。」靜媛把頭歪了一歪笑了。

「什麼叫做時髦的酒？你說來看看？」文如也跟著笑了。

「洋酒！西洋酒！不是中國酒！」

「香檳！」

「俗不過！也太強了。」

「管它俗不俗！我非喝這樣強的不可。」

「你就喝香檳吧。」

「你呢？Peppermint？Vermouth？」

「不。」

「Marachino？」

「Marachino 也使得。我想喝 Curacao，綠色的 Curacao。」靜媛說了後像在思索什麼靜靜地低下頭去。

「那是喝不醉人的酒。」

「要那種才好，喝了不會臉紅的才好。」

「柑桂酒？多喝了還是會臉紅的。」女僕站在旁邊聽了一會後微笑著插了嘴。

「你就去拿一瓶香檳和兩盅柑桂酒來。」

「是的。」女僕說了後待要翻身下去。

「再叫下面先弄兩碟 Tongue Stew 來？」

「曉得了。」女僕下樓去了。

「你會用刀叉？」文如笑著說。

「豈有此理！」她帶笑帶惱的。

「聽說你吃西餐是用手拈來吃的。」

「聽誰說的！你說謊？」

「我竟不知道你會喝這些時髦的酒。」

「我們同學就常買來喝。開同級會時常常喝。」

「了不得，當代的女學生！」

「有什麼了不得？只有你們男人該喝這些酒嗎？」

「不是這樣的意思。我覺得近代的女學生吸紙菸和喝酒的一天一天的多了……」

「……」靜媛低了頭，她回憶及她初回喝 Curacao 那晚上的情景了。

四

去年暑假期中的一晚。說是去年，其實僅僅六個月前的酷暑期中的一晚。靜媛伴她的媽媽到W海旁來避暑。胡博士生前在這海岸的避暑地買了一所房子，陸夫人還循著博士生前的舊例。每年暑期就帶了女兒到W海旁來避暑。

去年暑中她到W海來住一星期後發見了幾個女同學也在這海旁避暑。一天的下午，靜媛在沙灘上碰著她的同學石登雲和林昭兩個，都挾著一冊琴譜像到什麼地方習音樂去。

「你們上哪兒去？」

「啊！你也一同去吧，洛師母定歡迎的。我們也多一個伴。」

「到什麼地方去？」

「習Piano去。到洛牧師家裡習鋼琴去。」

「要唱『阿門』的地方不去！」靜媛從小就慣聽了她的父親的偏狹的國家主義教育，什麼反對宗教，收回教育權。她始終不喜歡由歐美到中國來的宣教師們。

「你這個人總是這樣呆板的。」石登雲先笑著用教訓的口吻向靜媛說。「他們又沒有強逼你信仰，你反對他們的宗教做什麼？」登雲是個熱烈的基督教信徒。

「你是染了色的，沒有替他們辯護的權利了。」

「是的，我來說句公道話吧。反對偽善的教徒是可以的，反對宗教本身就不好了。反對基督教那種宗教更可不必，因為我們中國還有比基督教更壞的宗教呢。我們若反對宗教，非先排除自己國中的更壞的宗教不可。你有不信仰基督教的自由，他們有信仰的自由。你不該侵犯他們的信仰的自由！我覺得基督教的教義在各種宗教中總算是比較純正的，比較好的。我們喜歡讀托爾斯泰和陀斯妥以夫斯基等文豪的作品的人就不該反對基督教吧。」

「懲罰主義是不能久遠的！能久遠的是感化主義！尤其是我們習教育的人是當有感化主義的精神的。我所以喜歡耶穌教，因為它的精神是感化主義和愛他主義。」

靜媛經不住登雲和林昭的推挽，終跟她們走到洛牧師的家中來了。

洛牧師是美國人，在海岸的小禮拜堂當主教。他的家就在這小禮拜堂的右側。前年他在K市禮拜堂當副主教時，他的夫人曾在女子師範兼過幾點鐘的英文功課，所以她們都認識她，不過沒有在靜媛的那一級擔過課。

她們走到洛牧師的門首來了，還沒進去，靜媛就聽見洛牧師夫婦和一個青年用英語說笑的聲音。林昭翻過頭來問石登云：

「今天是星期五？」

「是的。」靜媛搶著答應。

「今天他們有祈禱會，要到禮拜堂去。今天是宗先生教我們。」林昭微笑著望石登雲。石登雲卻低下頭去裝做沒聽見。

這天下午，靜媛以旁聽生的資格在洛牧師的書房裡跟著他們三個人唱。

林昭和石登雲都走去鋼琴前坐下按了一回琴。

「密司胡，你也試試嗎？」年輕的宗禮江先生望著靜媛微笑。

「不，不會的。」靜媛紅著臉低下頭去。

在林昭石登雲的眼中的宗先生今天下午太不熱心了，他只管向靜媛問長問短的，問她喜歡風琴還是喜歡鋼琴，問她今天下午所唱的譜從前唱過沒有，問她在K市住的地址。問她今年多少歲數。在宗先生的眼中，在這三個女性中靜媛像特別年輕的。

今天下午的宗先生的態度由林昭看來只覺得很好笑，但在石登雲看來心窩裡感著一種酸苦。

嗣後靜媛知道宗先生是怎麼一個人了。他是上海的教會辦的大學畢業生，去年暑假畢業後回來K市教會辦的中學服務——當教員。他是個靜媛最不喜歡的基督教徒。他今年還只二十二歲，聽說服務滿三年後就有遊學新大陸的希望。並且他還是個未婚的美少年——由時髦的西裝增添了美的分子的美少年。

姓宗的美少年所具有的能振動靜媛的心——使她的心突突地跳躍的要素不是他的美。他的美之外還有和她相同的音樂的嗜好和將來有得博士的希望。

同在W海濱避暑的宗禮江和靜媛自從這天認識以後連在海濱早晚散步時遇著過幾回。第一次互相點點頭走過去，第二次彼此微笑著點頭了，第三次彼此交談了。以後就成了深交了。

月亮的一晚，海岸的沙灘像鋪著一重白雪。海面上若沒有因風而起的漣漪，誰都要當它是塊大鏡了。在風中微微拂動的單衣觸著肌膚起一種涼爽的快感。

「那是漁船？」靜媛指著海面上閃動的一點星火問宗禮江。

「啊！縫一葦之所如……詩的景色，真是詩的景色！」

「漁家生活也有足令人羨慕的。」

「你讀過林琴南譯的紅礁畫槳錄沒有？」

「讀過，但大部分不記得了。」

「英文的原本有讀過？」

「沒有。」

「原本不叫紅礁畫槳錄。紅礁畫槳錄是林先生創的名目。原書的名目，就是女主角的名字 Beatrice。」

「是的，Beatrice 太可憐了。」

「最初一同掉在水裡的時候兩個都死了就好了。」

「那一點沒有意思了。他們那時候才認識呢。到後來女的死的時候男的一同死了就有意思了。Geoffrey 終不能死，對不住她了。」

「是的，他們倆該情死的！」宗禮江說了後不敢望靜媛，只望著海面微微的嘆了一口氣。

「……」

海面像死般的寂靜。月色由白色轉成碧色。他們都覺著身上有點冷。

「回去吧。盡看也是一樣的。沒有意思。」靜媛沉默至岸上漁家裡的嬰兒的哭音吹送至她的耳朵中時才覺得夜深了催禮江回去。

「回哪裡去？天涯漂泊我無家！」他說了這一句聲音噤住了，忙取了一條白手帕來擱在他的眼鼻之間。

五

近半個月來靜媛約略知道禮江的身世了。

宗禮江才生來半年，他的母親就成了個孀婦了。幸賴母親的裁縫的收入，他升學至中學二年級了。他沒有錢進國立的中學，所以投考 K 市教會辦的中學。由入學考試直至畢業沒有一次考試放棄過他的第一名，由中學第二年起就得了教會津貼，因此他就不能不信仰基督教了。在上海的教會大學第二年級肄業中，他的母親也染疫死了。據他對靜媛說，他在那時候就早想自戕，置性命於度外了。他真的有點像知禮知義的道學先生所說的「苟延殘喘」，一直到現在還沒有死成功。

神經衰弱的靜媛受禮江的傷感主義的感動不少，她一面敬慕他是個獨立有為的少年，一面又深深地同情他的可憐的身世。

禮江愈得靜媛的同情，他的傷感主義也愈深。的確，他自己也莫名其妙的，自認得靜媛後愈覺得自己悲涼，好像對她有所求的，不能達到這個目的，他的傷感是無窮般的。

他們倆一前一後的向海岸的街市裡來。走到一條街口，他們要分手了。

「你從沒有來過，到我寓裡去坐下嗎？」

靜媛沉思了片刻，移步跟了他來。他住在一家小旅館裡。旅館名叫W灣酒店，名字很俗拙，但裡面的設備是很雅潔的。禮江住後面的一個樓房，打開南窗，W灣內的風景都映射進案前來。

「這是你的四絃琴？」靜媛望見倒在臺上的Violin，忙走過來提起來細細的撫摸著看，不理禮江在提著一把籐椅招呼她坐。

「你坐下來看嗎。」

「不，我來看看你的房子的。我就回去，太晚了。」

「還早呢。還沒有到九點鐘。」

「你拉拉我聽。」靜媛要禮江拉，禮江當然不敢違命。奏了一曲她覺得音調太悲戚了，也太高了。第二次拉時，他跟著唱了。靜媛聽懂了好幾句。

Safe in the arms of yours,
Safe on your gentle breast.
There by your love o'ershaded.
Sweetly my soul shall rest⋯

「你唱的什麼歌兒？讚美詩？」

「是的。我希望你能夠對我唱，唱這首讚美歌。」

「……」靜媛低下頭去了。

「啊！消愁唯有澆酒！啊！酒！酒！酒！酒以外沒有東西！酒是我的生命！」禮江放下 Violin 後跑向櫥裡去取酒瓶。「你喝酒？」靜媛用懷疑的眼光望禮江。

「是的。但厲害的酒我不能喝！我愛喝的是你不懂的酒。」

「教會中人也可喝酒嗎？」

「有教會禁酒的。但基督教並不禁酒。你看把新舊約全書全部念下去，找得出禁酒的條文來嗎？」他把由櫥裡取出來的酒瓶放在臺上。靜媛望見瓶裡的酒是綠色的。

「什麼酒？」

「這叫 Curacao！你不單沒有喝過，也沒有聽過吧。」

「沒有。」靜媛微笑著說。「那酒不強嗎？」

「喝不醉人的。」

「那斟點我嘗嘗看好不好。」

禮江在一個高腳的小玻璃盅裡滿斟了一盅送給靜媛。靜媛坐在書臺前，禮江站在她的後面持著酒盅從她的肩後送過來。她還沒有伸手來接，酒盅送到她的唇邊了，她就這樣的吸了一口，吸了後才把酒盅接過來。

禮江的頭低俯至靜媛的肩膀上來了。他的嗅覺感著一種能使人陶醉的刺激。大概是處女之香吧，沒有什麼比得上她尊貴的處女之香。他覺得今晚上的她比什麼還要高貴，還要美麗，英皇王冠上的 **Kohinoor** 也趕不上她高貴而美麗。

「我竟不知道有這麼好喝的酒，我得介紹給她們知道。」喝了幾口酒後的靜媛的氣息一呼一吸的吹送到禮江臉上來，中人欲醉的。她的呼吸中的醇分比酒中的還要強烈。他凝望了她好一會不會說話。她覺得自己心房裡的血液以最高的速率向頭部噴發，她忙低下頭去。

禮江想機會到了，表示我的心的機會到了。把我的右腕加上她的肩膀上去吧。她不拒抗時就抱著她吧。她再不拒抗時，就……吻……她……啊！她的紅唇！有曲線美的紅唇！未曾經男性蹂躪的紅唇！

禮江想到這一點，周身脹熱起來。他的腕加在她的肩上去了。但她只低下頭去沒有一點表示。他的腕攬圍著她的蒼白色的頸了，他待低頭親近她，她突然的站起來。他駭了一跳忙向後退了幾步。

「不，使不得，不要這樣的！」靜媛要哭出來般的從籐椅上站了起來。

靜媛回去了後，胸裡的心臟像禮拜日早上教會裡的鐘激震著的禮江像著了魔般的在房裡一上一下的走著。他覺得「萬事休矣！」半月來苦心終成水泡了。他不能不悔恨，悔恨自己太過性急了。臨到口的一塊肉因自己性急斷送掉了。他愈想愈心痛，想到無可如何的時候只能把電燈息了爬進睡床裡來。但他無論如何睡不著，只把雙睛緊緊的閉起。

心的動搖過了一點多鐘了還不見鎮靜。他覺得自己剛才對她的舉動太無恥了，幾天來自己所蓄著的妄想也太卑鄙了。她當然看不起我了。無窮的悔恨和羞恥刻刻的在刺著他的心，一直到時鐘響了三響他還沒有睡著。

外面像起了強風，窗扉在激震。明天怕有大風雨，不知什麼時候能會見她了。會見她時，我一定要向她謝罪……但是絕望了！不再會她的好！還是不再見她的好！

六

「要如何的補救這種失敗呢！追悔不及了的羞恥已經暴露出去了。她會把今晚上的事告訴密司石和密司林吧？」禮江通宵輾轉不寐的，聽見外面的風雨更強烈了。他終由寢床起來，開上電燈。他看抽屜裡的時表快要響四點鐘了，天快要亮了。他在案前痴坐了一會，決意寫封信向靜媛謝罪。

靜媛姊，我們的歲數相同，但你曾告訴我比我大幾個月，你就讓我稱你做姊姊吧。

不，你已經答應了我的，前星期六晚上你答應了我認我做你的親弟弟的。

你說，你沒有兄弟，也沒有姊妹。沒有姊妹倒不要緊，因為學校裡的同性的同學很多，姊妹間的愛情不難領略。所稀罕的就是兄弟。我們的姊弟之約也就是那晚上訂成的。

靜媛姊，我誤解了你許給我的訂約了，我想在姊弟的關係之上更有所深進，這完全是我的痴愚，望你能夠諒我。望你恕我昨晚上的無禮吧。

我今晚發見了我自己的醜惡，同時也發見了姊姊的崇高！想起來再沒有面子見姊姊，想即刻投身海裡去洗脫自身的罪惡！靜媛姊，望你憐我，憐我的痴愚；望你恕我，恕我的罪過。靜媛姊，你知道昨晚上你去後我所流的淚量嗎？

啊，不說了，總望你體諒我這顆心吧。

望你復我一封信，仍然當我是你的弟弟。今晚上若不得你的回音，那我們恐怕永無再見之期了！或者竟……

禮江寫到這裡，再寫不下去了。他就在信籤的末後署了名把它封好，寫了封面，叫個旅館的侍僕送了去。

信送去了後，他一天悶悶的坐在書房裡不出去。外面風雖然息了，但絲絲地下著微雨。他希望她有回信來。他更希望由此番的衝突可以增加他們倆間的親密。

送信去的人回來了，他只說信親手交給她了，她當時就拆開來看。問她有回信沒有，她只搖了搖頭進去了。據送信的人的報告，他陷於絕望了。

她輕蔑我了，她再不理我了！禮江忙爬進寢床裡去，伏在枕上不住地流淚。他總覺得掉了一件什麼貴重品般的，又像自己的前途是完全黑暗的。

吃過了晚飯，他痴坐在案前，打算明天一早就動身回Ｋ市去。他再不在Ｗ海岸留戀了。

算了，算了！也不過是個普通的女性吧了！近代的女學生是傲慢萬分的。作算自己對她的希望可達，將來也未必定是幸福。他這樣的想著自慰。但他同時又嘲笑自己像說牆頭上的葡萄是酸的狐狸。

「沒到外面散步去嗎？」他聽見林昭女士的聲音，忙站起翻轉身望房門口。他看見微笑著站在林昭肩後的女性，他又驚又喜的心臟突突的跳躍。

靜媛像忘記了昨晚上那回事，也忘記了今天上午那封信般的微笑著不說話。她只在靠近案側的一個方板凳上坐下去。

「她拚命的要我們來看你，要你奏 Violin。」林昭微笑指著靜媛，說明她們來看他的目的。禮江聽見了後，忙忍著眼淚。他心裡異常感激靜媛。

「密司石怎末不來呢？」禮江隨便的問了一問。

「她嗎？她和她是不兩立的！」林昭指著靜媛笑。

「你這個人總喜歡說笑。」靜媛紅了臉，緊蹙著雙眉苦笑。禮江紅了臉。禮江給熱茶她們喝了後，替她們奏了一回四絃琴。

「宗先生，你的 Violin 比 Piano 怎麼樣？」

「Piano 容易得多，誰都會學。Violin 就要有幾分天才，很難精功的。」

「那你是有 Violin 的天才了！」靜媛笑著問。

「我是個『人才』，不是天才。哈！哈！哈！」

他們三個人都一同笑起來。

林昭像因為身體上的不便，下樓找僻靜的地方去了。

「你們談談心吧，我一刻就回來。」她臨下去時這樣的笑他們倆。

「昨天晚上真對不住你了！望你恕我的唐突。」禮江望著林昭下去了後，忙向靜媛鞠躬。

「沒有什麼！我一點不覺什麼！還是我錯了，使你太難受了。你惱了嗎？我接了你的信，我真擔心死了。望不得快點來看你。你是性質很傷感的，我真怕你有什麼意外……好了，現在好了。」

「……」禮江只低著頭，覺得要說的話都給她說完了。

「我昨晚上，一晚上都沒有睡。覺得我太不人情了，使你太難過了。」

「那裡！我覺得對你太無禮了，也沒有睡著。」

他們在電光中互望著各人的蒼白的臉。

「我們莫再記憶昨晚上的事吧！我們來講和吧。」靜媛微笑著伸出她雙手來。

他站不住足了，跪倒在她的裙下了。他的頭像受了磁石的吸引緊緊的枕在她的軟滑的胸部。她的處女之香——有醇分的呼吸吹到他臉上來了。他的唇上忽然的感著一種溫暖的柔滑的不可言喻的微妙的感觸。

只一瞬間，真的只一瞬間。他們聽見漸次走近來的林昭的足音了。他忙站起來離開她的胸懷。

七

「再喝點酒嗎？再喝一盅 Curacao 嗎？」文如望著態度憂鬱的靜媛，勸她喝酒。同時他心裡想果然不錯，她的母親說的話不會錯，她在思念她的 Sweet heart 了。文如一面想，一面感著一種嫉妒。

「……」她只搖搖頭。

「你再喝一盅吧。你喝了後我告訴你一件好事情。」文如微笑著說。他在學校裡同事間說笑時常把女生徒一名一名的提出來討論，那個生得體面，那個生得差些，那個是結了婚的，那個是有了未婚夫的，那個有了情人，那個是無邪的處女。文如也曾聽人說過靜媛和宗禮江間的 Romance。

「有什麼好事情，你就說出來，說了後我再喝。」她略把眼睛上部的眼波向上提一提，微笑著望了他一望。

「那麼我就說吧。」他笑了一笑，同時伸手按桌上的呼鈴。

「我知道你是不贊成的，但你的母親要我問問你的意思。你對那家的婚約的意思怎麼樣？」

「討厭！」靜媛像受了蜂的毒刺般的變了顏色。

「那你是決意不理他了！」

「你對我媽說，我一生不嫁的！就會餓死我都情願。」

文如聽了後心裡起了一種快感。他覺得她能夠不嫁和他一生這樣的往來，那就再好沒有了。可是他的才晴快的心馬上又晦暗下來。她不是絕對的不嫁吧，除了她的心上人她不嫁的吧。文如總覺得靜媛的終身的生活是該由自己負責任的。同時他又可憐自己無對她負責的可能了。

「你有別的意思沒有，不便對你母親說的意思，你可以告訴我，我好在你母親那邊解說。我也向你母親說過，我雖不主張絕對戀愛自由，但達了相當年歲的女兒的意思也要尊重的。」

「……」靜媛只是低著頭。

女僕上來了，問要什麼東西。

「柑桂酒！再送一盅蔻拉梭上來。」文如吩咐了後，女僕下去了。

「怎麼樣？你有什麼意思，盡可說出來。獨身主義不過是個理想的名詞，是不能實行的。在女性更不容易。」

「……」靜媛還是低著頭不說話。

文如看見她的憂鬱的態度，不敢再開口了。

女僕送上一盅青色的蔻拉梭來了。那盅蔻拉梭放在靜媛面前。

「我不喝了！」她凝望著這盅蔻拉梭，盛在小小的高腳玻璃盅裡的蔻拉梭！很強烈的在她的腦裡引起了一種哀傷的追懷。她像和它久別重逢般的。

「啊！你怎麼傷心起來了？」文如望見靜媛在用白手巾揩眼淚。「我沒說錯什麼話吧。我就有說錯的也可取消的。」他自己也覺得可笑地驚惶起來。

「不，沒有什麼。我本來神經衰弱，你是知道的，聽不得刺激的話。我自己也覺得好笑。」靜媛揩乾了眼淚，抬起頭來微笑著望文如。

流淚後轉笑的靜媛的可憐的姿態在文如眼中更覺嬌媚。他幾次想過來把她摟抱在懷裡安慰她。不過限於師生的名分，並且自己還在教育界中混飯吃，終不敢對她表示自己的愛慕。這種苦悶只好向肚裡吞吧了。

靜媛對文如也不是完全沒有好感，不過因為有了兩種原因，她對他的好感終無發展的希望了。第一文如今年三十五歲了。第二他已經是有妻子之身。假如文如的歲數和宗禮江相同，又是個未婚的獨身者時，她或許以對宗禮江的愛對文如了吧。

文如先生是她所喜歡的，不過先生還是先生，只能當先生的敬愛。

「把禮江的事情告訴先生吧。或者他能夠想出一個方法來幫助我們。」靜媛想在這瞬間把她和禮江間的經過說出來，乞文如的援助。

「不，不，說不得。我從前也略提禮江的事了，但他聽見了後總不高興的不說話。文如先生或許是看不起禮江。他不至會起這種無名義的嫉妒吧。」靜媛很苦悶的想把自己的祕密對文如說，但終無說出口來的勇氣。

禮江早就想和靜媛姐組織家庭，也曾向靜媛提議過。他們遲遲不進行的原因是受了經濟的限制。宗禮江在教會中學的月薪僅十元，慢說定婚結婚所需的大宗款無從籌措，就連他的獨身的生活也僅僅能維持下去。作算結了婚，往後的生活又怎麼樣呢？這是她和禮江在結婚前要先決的問題。愛錢如命的自己的母親不要求高額的聘金就算很好了，還能望她有金錢的援助麼。她的母親要她嫁給米商做媳婦，也無非是聽見有八百元的聘金眼睛紅了起來。

文如現在的收入——學校的月薪——是盡夠他一家人的生活費，她是知道的。文如的父親是個有點積蓄的老商人，他前年承繼了他的父親的遺產存在銀行裡沒有動用她也知道的。文如的夫人是個豪農的女兒，要籌點錢是很容易的事，她也是知道的。她想來想去，要完成她和禮江間的戀愛，除了文如先生能援助他們外，再沒有人可求了。她像決了意的。

「先生，你替我找一個教席好嗎？我想教小學生去。」靜媛頂不喜歡的就是當教員。她在師範畢了業後也無相當的小學校席給她當，因為都給男師範的畢業生爭奪去了。她也並沒有真意要當小學教員，不過想借此向文如先生討論經濟問題吧了。

「小學教員辛苦得很，不是你當得來的。薪水又薄，每月只有十元，頂多亦不過十二元。每星期要擔二三十個鐘頭，神經衰弱的你那裡能夠支持。叫你到我家裡來幫我編一部『小學的理科教育』，你又不情願。」

靜媛在師範畢了業後執意要升學至高等師範時，文如替她們母女想出一個調解的方法來，就是要靜媛搬到他家裡去，跟他研究理科教育。這種調解法，靜媛無論如何是反對的。因為她想升學完全是製造虛榮的資格，並不想研究什麼學問。不單靜媛，近代一般女學生都是這樣。不單女學生，近代的大部分的學生界都是這樣的只求虛名不顧實學。

「讓我回去再想一想吧。明天來答覆你。」靜媛覺得和母親一同住是很不自由的，禮江想看她都不敢來。她想決意搬到文如先生那邊去，容後再把自己和禮江的關係告訴文如先生吧。

八

米商的婚事經靜媛的積極的反對和文如的消極的反對終打消了。過了幾天，靜媛得了她的母親的同意搬到文如家裡來了。

初搬到文如家裡來的她就很失悔不該搬來了。吃過了晚飯，文如夫婦帶著小孩子到她房裡——文如在樓上替她準備了一間書房——來聚談。生下來才滿二週年的文如的女兒眼不轉睛的望著靜媛。靜媛幾次拍著手想抱她，她都忙躲到她的母親身後去。

「夜深了，可以歇息了。」師母在前抱著小女兒，文如跟在後面下樓去後。靜媛一個人坐在樓上的房裡就像掉在冰窖裡般的。

春深了，幾天來都是烏雲的天氣。靜媛站在窗口，她只望見在黑空之下畫著一個薄暗的輪廓的市街建築物。除了遠遠的一列電柱上的幾點星火外，她的眼前的世界上是純黑的。這個暗空的景像在她胸中增添了不少的哀愁。不知不覺的灑了幾滴眼淚。

每晚上晚飯後由八點至十點是文如和靜媛共同研究的時間。她們這時候的研究地就是樓上的書房。靜媛的功課是畫圖和速記，但她沒有許多時候能照預定的功課實行。日間是預定繪圖的，但她常常外出。晚上是速記的時間，但她們又常聚著作閒談了。文如和靜媛近來彼此均感著內愧，彼此都覺得意志太薄弱了。

有一天是天氣晴和的星期日——近半個月來很不容易遇著的晴和的一天。文如一家——夫婦和小女兒——和靜媛同到郊外散步。買了些麵包和臘肉帶了去。

小女兒坐在小藤車裡，三個人輪著推。果然是久雨初晴的星期日，郊外的遊人特別的擠擁。泥地裡的水分蒸發起來，蒸得異常鬱熱的。

小松園是K市郊外的第一名勝，是個半屬天然，半假人力的小公園。他們趕到小松園來時，近正午時分了，揀了一個來客較少，也較僻靜的茶店，三個人一齊倒在茶店裡的椅子上都氣喘喘的不會開口。頂堅強的還是劉師母，她略歇一刻就站起來喝茶，喝了茶就抱著小女兒出了茶店，看園中所陳設的珍禽奇獸去了。

其次恢復了原狀的就是文如。他望見他的夫人去了後，便自己提起茶壺來斟茶給靜媛喝。

「怎麼樣？身體不舒服嗎？喝點茶吧。」文如望著把頭枕伏在椅緣上的靜媛說。靜媛只搖搖頭。

「你身體不好嗎？怎麼滿頭滿腕都是汗呢！」

「我的胸……心裡亂得很……」靜媛又搖搖頭在急喘著。

「怎麼樣？找醫生去好不好！」文如急著問。

「不要緊。現在好了些了。剛才一坐下來時眼前一陣黑暗，什麼都看不得，什麼都不覺得。現在清醒得多了。不過流汗流不止的。今天也的確太蒸郁了。」

「是的，天氣太壞了。春天的天氣無論如何好，都趕不上秋天的爽快。你身體本來就不很好，又走了二點來鐘的路，走累了。我這裡有仁丹，你要不要！」

「仁丹？」她略抬起頭來望了文如一會再伏下去。「仁丹我不愛吃！」

靜媛伏在椅緣上許久不抬起頭來。文如總疑心她是在那邊暗哭。

靜媛終臥病在小松園旁邊的一家旅館裡了。文如最初主張叫一輛汽車送靜媛回去，但是醫生固執著要快點找一所安靜的地方讓她睡。醫生很忙急的著人去請兩個老練的女醫生來，說他自己有很多不便，不能替靜媛診察的地方。

但是汽車叫來了，文如趁有醫生在旅館裡看護著靜媛，忙用汽車先送他的夫人和女兒回市裡去。等他趕回到小松園旁旅館時，靜媛的病室早禁止他們進去探望了。他只聽見裡面有兩個女醫生在低聲的不知說些什麼。

約摸六點鐘時分，下了一陣微雨。雨停息了後，一個約四十多歲的穿白衣服的女醫生走出來。這個女醫生望見文如，她的臉上馬上表出一種輕蔑的顏色。

「病人的身體怎麼樣？」文如很擔心的跑前去問他。她只把嘴一歪，不回答一個字，在廊下直走過去。她像急於要去報告主任的醫生。文如想教會辦的醫院裡的人們都是這樣驕傲的。他也跟了她走到旅館前廳來。

據這個老女醫生——年約四十多數的老處女的報告，靜媛的身體有了三個月的身孕了。在前半個鐘頭流產了。

文如才明白那女醫生對他表示輕蔑顏色的理由了。他們——不單他們，連文如的夫人——都當文如是個嫌疑犯了。

「醫生說她有了三個月的身孕了，但她住在我們家裡還沒滿一個月！」文如的這種辯解只能在他的夫人身上發生效力。社會一般還是當靜媛是給文如蹂躪了的。

靜媛流產後的病弱的身體還沒有恢復以前，文如在女子師範解了職。因為他的生徒們都說他蹂躪女性，沒有師資。

九

經了這次的變故，文如在社會上喪失了他的地位了。但他一點不介意。他的夫人就埋怨他不該接了靜媛到家裡來。

「我是罪有應得的，耶穌說看見女人起了不純的念頭時就算犯罪了，我不能說完全沒有罪！我一方面雖做了替人贖罪的羔羊，但一方面也要負自己所應負的十字架。」

經了這次的變故，他和陸夫人也絕了交，一直到暑期也沒有和靜媛會過面。但他總想會她一面。

陰曆的六月初旬。他接到一封信了。這封信是靜媛由北地的T海岸寄來給他的。他真喜出望外了。

文如先生：

真的對不住先生了。我做了替人負罪的羔羊。誰知先生又做了替我贖罪的羔羊！真的對不住先生了！

先生對我的恩惠，同情，眷愛，我一生絕不會忘記。每一思念到先生愛我的苦心，我就淚流不止。

先生因為愛我苦悶了不少，也煩惱了不少了。

我的淪落，雖說是頑固的母親為其重大的原因，但因自己之無定見和虛榮亦為自害之一因！自害猶可，因自害而貽害先生，及今思之，實為心痛。

先生，我今向你自白吧。我實愛先生：先生是我第一次戀愛的人！因受著現代社會規則的支配，覺得先生再不能為我的愛人的可能了。其實這完全是偏見這偏見終害了我。復累及先生！

我不該人工的改削我自然的戀愛以求適合於現代社會的規則的！年齡之差算得什麼？有婦之夫亦不見得絕對無受處女的愛的權力！師母的母女的將來的思慮也是阻我向先生進行戀愛的一原因。及今想來自己真愚不可及！受名義支配著的戀愛不成其為純正的戀愛，因生活的保障而發生的戀愛，也不是純正的戀愛。純正的戀愛是盲目的，一直進行不顧忌其他的一切障礙的。

我對他的愛是受著名義的支配，並削足適履的求適合於一般社會心理的戀愛。師母對先生的愛是以生活保障為條件的戀愛。只有我和先生間的愛是最純正的戀愛！我能見及此而不敢進行，是何等的怯懦喲！我今把過去的一切向先生髮表吧。我為先生而苦悶的時期也不算短少了。我實告訴先生，我對師母早就懷了嫉妒，她獨占有我所深愛的先生。我想對師母復仇，最少可以說是想求一個完美如先生的配偶和師母對抗，所以就做了他的奴隸了。

自認識他半年來，精神肉體雙方都受他蹂躪夠了。受他的肉的虐待之外，還要供給金錢，由先生和母親兩方騙來的金錢都供他的浪費。到後來終為了他變為不尋常的身體了。

可恨的就是赴小松園的前兩天——星期五下午我到他寓裡去時，我發見石登雲君坐在他的懷裡！我當時的驚愕和失望也就不難想像了。我當時就折回來，不再去質問他。大概他也看見了我的，但至今不見他有一封懺悔書來。你看他是如何的一個撒旦啊！

石登雲是資本家的女兒，聽說他和她結婚了！

先生，我的心是破碎不完全的了，我的身也是沒有靈魂的殘骸了。病弱之狀絕不是先生所能想像的。醫生囑我在炎暑期中須在此T海濱靜養。其實我這病身並無恢復的希望了，醫生的話不過是安慰的套詞吧了。我甚望能於死前見我所深愛的先生一面……

文如接到了這封信的晚上就趁開往K省北部的火車北上。T海濱是K省北部的一個相當鬧熱的都市。到了第二天的下午六點鐘，停在T車站的二等火車廂吐了許多搭客出來，文如也混在裡頭。

剛跳下車，一個斷髮的年輕女人微笑著站在月臺上迎他，他在火車的途中擔心的就是怕他沒有趕到之前，靜媛先死了。現在他看見她了，又驚又喜的。

他們倆同出了車站，在車站前叫了一輛汽車同乘著駛向她住的旅館裡來。汽車蜿蜒的在矮山路上走。

「旅館離這裡有多遠？」

「十二三里吧。」

兩個人並坐在汽車裡，四面漸次的暗下來了。她的指尖無意中觸著他的了。

「先生……」靜媛微笑著低了頭。

「唉！」

「先生……！」靜媛再只聲的叫了一句。幸得四面黑下來了，不然他看得見她的雙頰發赧。

「什麼事？」文如追問她。

「說了後不知道你可能答應……真不好意思！」她說了後笑出聲來了。

「什麼事，快說出來！」他也笑了一笑。

「他們給我騙了。」她笑著說。

「是的你把我騙了來了。」

「不！不是說你。我說旅館裡的人們。」

「你騙了他們什麼事？」

「我一個人住在這海岸真討厭！他們看見我是個女人，又單身走到這裡來，全T市人都大驚小怪的。一出來，他們個個都睜開眼睛望著我，望得我怪不好意思的。到後來我只得對他們說，我是來養病的，我家裡的老爺遲幾天會來看我。先生，到旅館裡時我再不叫你先生，可以？」

「……」文如只緊握著她的手。

兩道白光照在車前的地面上，車的速度更快了。

「我半年來所擔的罪名不虛擔了，有了相當的代價了。」文如嘆了一口氣。

「望你和從前一樣的愛師母。我們自有我們的樂土。」

汽車急的停了。她急的從他的懷裡站起來。一座高大的洋房子站在他們面前歡迎他們。

末日的受審判者

末日的受審判者

一

我們夫妻倆帶了駒兒離開了故鄉到S市來快滿三年了。我初到S市時，由美仙——妻的名——的介紹才認識她的姨母——我的岳母的妹子——並她的女兒春英。那時候春英和她的母親兩個在S市的貧民窟的大佛寺裡向寺僧租了一間又黑又髒的房子一堆的住起。春英的年歲怕要近三十歲了，每天從八點鐘起就到榮街——S市的一條最繁華最多大商店的大街道——的一家銀行裡去，因為她們母女的生活費是指望著這家銀行每月給她的幾塊洋錢。

「母親的年紀也高了，並且十天有八天的病著不能起來。把她一個老人家留在這邊，我一個跑到H埠去，無論如何我總不放心的。」春英每到我家裡來都是這樣的對美仙說。

春英在七八年前早和人訂了婚。男家的生活也不是容易，她的未婚夫五年前到H埠謀生去了。一去五年沒有回來。聽說近來自己創立了一家小店子，生活比較安定些了。從去年秋春英的未婚夫每月有三元五元的寄給她了。

「春英是過了年齡的了，孤孤單單的過了這幾年。她早就想結婚的。你看她那對眼睛，不是在渴望著男性的表像嗎，怪可憐的。」春英去了，我是這樣的向著美仙說笑。

「她不是想到H埠去麼，她在希望著我能答應她替她看顧姨媽。我是不能答應她的，你單看駒兒一身的事早夠我受用了。並且……」美仙那時又有三週月的身孕了，駒兒才滿一週年。不錯，我常聽見春英對美仙說，「美姊家裡只有一個駒姪兒……」下半句沒有說出來，是想她的母親亦托我們。

我們對春英是很抱同情的，也覺得她很可憐。但我們家裡不能容納姨媽也有幾個理由。第一，我雖然說是大學教授，但薪水是不能按月支領的。我來S市是友人W君——S大學的教育系主任——招我來的，他要我幫忙他，擔任心理學、倫理學這兩門的功課。我初到S市來，適值大學起了校長爭奪的風潮，學校裡一個錢都支不到手，我又把妻子帶了來，一時沒有能力另租房子，自立門戶，一家三個只好暫時寄託在W君的籬下。W君家裡的傭人有一個乳母，一個廚大，美仙在W君家裡受他們的氣受夠了，才哭著要我到一個在S市開病院的同鄉那邊去借了些錢，租了一所又窄又暗的房子，才把一家三個容納下去，但比寄人籬下就好得多了。學校的薪水有時可以支得到幾個，但也僅僅夠維持我們三口的生活。這是不能容納姨媽的第一個理由。美仙的身體本來是很弱的，駒兒又淘氣得很，兼之又有三個月的身孕了，若又叫她再看護十天有八天在病床上的姨媽，這是於美仙的健康上很有妨害的。這是不能容納姨媽的第二個理由。又這位姨媽的脾氣有點怪的，她受了人的愛顧或恩惠，不單不感謝，心裡常懷著一種嫉妒，表示一種不喜歡的態度出來。她原來是個根氣薄弱的人，沒有一點強毅的力，但表面上還裝出一種不食嗟來之食的氣概。她因為有這些怪脾氣，所以對父母不大親近，對姊妹——美仙的母親——也落落不合。到了十九歲那年，還在女子師範學校的二年級就跟了一個男教員逃出學校去了。我怕她到我家裡來和美仙不合，反傷了感情。這是不能容納姨媽到我家裡來的第三個理由。

春英要維持母女兩人的生活，每天不能不到銀行去辦事，姨媽常半生不死的病著，有時一連五天或全星期不能起來。遇著她病急時，春英又不在家，寺僧便跑到我家裡來，要美仙過去看護她。有時到夜晚的十點十一點還不得回來。姨媽病好了後，當做沒有這回事，看見美仙來了，也沒有半句慰謝美仙的話。不單是姨媽，就連春英也有這種性質。有時候，姨媽不過有點傷寒咳嗽，春英便著人過來要美仙到她家裡去。美仙去了後，她便有許多事件要美仙幫她做，整天的不放美仙回來。可憐的就是駒兒，把母親臨去時給他的幾個糖餅子吃完了後，哭著要他的母親。很睏倦的由學校回來的我，到這時候不能不拖著跛腿，抱了駒兒到大佛寺去找美仙回來。這就是我厭恨春英母女的最大的原因。醫生的謝儀和藥費不消說要我替她們開支，但我從沒聽見春英對我有半句謝詞。

「姨媽和我的家庭有什麼關係？如果是岳母呢，還可以說得過去。妻的姨母和我完全是風馬牛不相及的，怎樣能夠因為她，犧牲了我的家庭幸福的一大部分！春英母女累了別人，過後便當作沒有這一回事，好像我們是有供奉她們，服役她們的義務……真的豈有此理！」我時常在這麼想，愈想，愈恨她們。我到後來很後悔，不該由鄉間跑到S市來。我想搬家——搬到離大佛寺遠些的地方去——的動機就是這時候發生的。

美仙或許是看出了我討厭她的姨母，她不躊躇的向我表示她的態度。

「我還不是早想離開她們。她雖然是我的嫡親姨母，但她並不曾特別的愛我，也沒有什麼好處給了我。不過她找上了門時，便想不出拒絕她的話來了。」

我們說是這麼說，但到了月底她們向我要求的款是無法拒絕的。醫生來向我要錢，車伕也來向我要錢，米店來向我要錢，炭店也來向我要錢。

下雪的一天，寺僧又跑來說姨媽的疾勢危急了。我跟著寺僧跑到大佛寺時，姨母睡在一間又窄又暗的房子裡，沒有一點兒聲息。跑進她的房裡愈覺得冷氣襲人。

「你快打電話給醫院的院長，說是我請他到這裡來看一個急病的病人。快點兒去！」我打發寺僧去後，又跑到廚房裡去看了一轉，炭也沒有了，米也沒有了。

「榮兒（寺裡的小僧），你快到米店和柴炭店去叫他們快送些米和炭到這裡來。」

姨媽像聽見我來了，臥著翻轉身來，向著我慘笑。這算是我第一回看她對我的笑。黑汙的蚊帳，破爛的床蓆，薄窄的棉被，一一的陳列在我的眼前，我當時心坎像受了一種痛刺。

「姨媽，我替你換一副新的被帳吧。」

「謝你……」姨媽用很微弱的氣息答應了我，再向我慘笑。

我由大佛寺出來，踏雪回去，自己一個人很歡喜的像今日行了一件善事。心裡也不覺得春英母女討厭了。

「美仙要求你做一件棉褲給她，你沒有答應。她又要求你買一件毛織外套給駒兒，你也沒有答應。你哪裡有許多閒錢替姨媽制被帳呢？」我在途中，雪花撲面吹來時，才想及妻兒的寒衣還沒有做。禁不住後悔，暗責自己不該孟浪的答應了姨媽。

二

月杪到了，身體狀態不尋常的美仙因為家計不知發了多少牢騷，也流了許多不經濟的眼淚。十一月三十一日的上午，我冒著風雪跑到學校會計處去問會計要這個月應支的八分之一的薪水。

「校務維持會把這兩千塊錢議決給學生寄宿舍作伙食費了。不等到校長問題解決，怕沒有薪水可支了。」

我到此時只能對會計苦笑。

「利用軍閥的勢力，把學校的款押著不發下來做爭校長席位的手段也太惡辣了。總之在中國是辦不出好學校來的。尤其是中樞移到學生方面去了的學校是永不得發達的。校長要學生選定，教員的去留也要聽學生的命令，校務也要受學生的干涉；那麼還要教職員幹什麼！把學校交給學生辦去，學科也叫學生自己擔任教授——三年級的教二年級的，二年級的教一年級的不好麼！」我在由學校的回家途中，愈想愈覺得中國的教育太滑稽了。

近半個月間，姨媽的身體似覺好了些兒。美仙的身體也漸漸的重了，我們便決意搬家，搬到離大佛寺遠些的地方去。新曆的年前把家搬到隔江去住了。搬了家後，我更辛苦了，因為每天一早七點鐘就要冒著寒風或雨雪過江到學校去。

不搬家還好些，搬了家後，寺僧更常到我家裡來了，連他過江的船票費都要我給他。一晚上風雨來得很厲害，寺僧又跑了來說姨媽的舊病又發了，這回怕沒有希望了。我沒奈何的拿了一把洋傘跟了寺僧過江去。在途中的時候，洋傘好幾回快要給烈風吹斷了。斜雨淋身，衣履盡溼，兩足早凝凍得成冰塊般了。

「這真是前世的冤家！她今晚上真的死得成功，不但我們，就是春英也算幸福的。只一次，只今晚上一次忍耐點兒吧。」我一面跟著寺僧走，心裡恨極了。

「叫醫生去了沒有？」我在途中問寺僧，寺僧說沒有來，我們又繞道到醫院去叫醫生後才到大佛寺來。病人起來坐在床上了，像在夢中般的又笑又哭，完全像一個鬼婆。春英嚇倒了，坐在房裡的一隅不住的打抖。

「父親早說要分給我一千塊錢，到今一文都不給。」「姊姊是個利己主義者，自己好了就不管妹妹怎麼樣了。」「人類真殘酷的，只望同類死，望同種絕。」「啊！可怕！可怕！」病人是語無倫次的，說了許多怨天尤人的話。她的臉色蒼白得可怕，她說到「可怕」時望著牆上的人影顫慄。

「一定是幻見了什麼東西！」我望著姨媽的憔悴的臉孔這麼的想。姨媽年輕時跟了學校的教員出去，同棲了三年，他們間的戀愛的結晶就是春英。春英生後沒有許久那個教員就到鄰縣去謀生去了。姨媽在家裡便有了外遇，到後來竟帶著春英跟情夫逃走了。那個教員是很愛姨媽的，因受了姨媽的誘惑，犧牲了——物質的和精神的雙方——不少。他聽見姨媽跟了情夫跑了，失望之餘就自殺了。我敢斷定她現在所幻見的是那位自殺的教員的幽靈了。

「怕不行了，除注射外，沒有別的方法。」醫生看見這個樣子，先說出不負責任的話來了。春英聽見醫生的宣告，早哭出來了。醫生去後，我辛苦了一夜幫著春英看護她的母親。

但過了兩天姨媽的病居然的好了。我真不能不疑她是偽病了。醫生叮囑了幾次，不要給什麼她吃，但她死逼著我要買燒餅給她吃。我想她遲早是要死的，買給她吃吧。把燒餅買回來時，她像小孩子般的搶著咬，她並不像個病人。

聽說H埠那邊來了幾封信，春英很急的想一個人跑到她的未婚夫那邊去。

有一天春英過江到我們家裡來，恰好是星期日，我也在家。

「母親近來身體好了些……這樣的守著，不知要守到什麼時候。我今決意到H埠走一趟……可是……」春英的意思是想我們答應她把她的母親送到我們家裡來，但她有點不好意思，沒有把她的來意說下去。

「你的母親也同去嗎？」我惡意的搶著問她。她的來意果然給我這一句抵住了。

「大佛寺的人說可以替我看顧母親，我到了H埠後每月再寄生活費來給她。」春英絕望的說了這一句。

我們倆望春英回去後，心裡很難過的，像做了竊盜，怕警察來追究似的。第二天我們倆同到姨媽那邊去，問她春英到H埠去了後怎麼樣。

「唉——不要緊，不要緊！她早就該去的，都是我累了她。春英去了後，我絕不會再累你們的，你們放心吧！」姨媽還是用她平素慣用的調子，嘲刺我們幾句。我們也不再久坐，就辭了回來。

春英動身的那天，美仙買了一件毛織襯衣，一打毛巾，兩罐茶葉送到碼頭上去替她餞別。春英去了後快滿二周月了，但她並沒有半張明信片給我們。

春英去後四個月，我做了第二個小嬰兒的爸爸了。我們在這兩個月中並沒有到大佛寺去看姨媽了。

自春英赴H埠後，又滿半月了。美仙身體恢復後，也曾去大佛寺看過姨媽幾回。據美仙的觀察，春英不單沒有信給我們，就連她的母親那邊也像沒有信去的。有一晚，姨媽寄了一張明信片來，大意是說，現在舊病又發作了，春英那邊寄來的錢都用完了，不便多去信向她再要，並問我們可否籌點錢借給她。第二天我便一個人到大佛寺去。去年冬我替她制的新被縟，新的帳都不見了。天氣也和暖了，姨媽床上只有一件舊爛的紅毛氈。被也是舊的，只有蓆子是新的。此外的家具也完全沒有了。這麼看起來，春英是一個錢都沒有寄了來給她的母親。

這天我把帶來的十元給了她。姨媽絕不道謝的，她只說，「暫借給我用一用，等春英那邊的錢寄到了後……」我給了她錢後聽見這句話真要氣死的。我不再理她，就跑往學校去了。

過了幾天，看護姨媽的寺僧又跑到我家裡來：

「春英小姐那邊去了十多封信了。她不單沒有錢寄來，連信也不回一封。她們的親戚住在 S 市的只有先生這一家了。我們寺裡的房租錢我們當然不敢向她要的，不過這半年餘的伙食……」寺僧說到這裡停頓了一忽。「先生這邊如果不能招呼她，那麼送她到孤老院去可以不可以？我這回來是要先問問先生的意見。」

我給了點錢給寺僧，叫他再等一二個星期，因為 S 市和 H 埠間的郵件兩個星期就可以往覆。寺僧去後，我寫了封很嚴厲的信——當時氣忿不過，一氣的寫出來，寫得太過火些了——登即寄到 H 埠去。過了半個月，春英的覆信來了。她信裡說，她現在有了六七個月的身孕，不便回來接母親去。她信裡又說，再過二三個月，她輕了身後再回來 S 市接她。她信裡最後說，她未回來 S 市以前，「一切還要望姊夫照料」，春英常叫我姊夫。

這真是個難題了。把姨媽真的送到孤老院去嗎？慢說對社會無詞可說。就對美仙的面子上也過不去。沒有法子，只得把姨媽接到家裡來。但是過了幾個月春英還是沒有信來，姨媽的病也就日加重了。

姨媽自來我們家裡之後，每四五日就要發病一次，昏迷不省人事，弄得美仙一天到晚不得空。姨媽元氣好的時候又拖著美仙東扯西拉的說些我們不願聽的話，氣得美仙說不出半句話。她高興的時候便跛到廚房裡來把所有的食物吃得精光。

「又要到學校上課去，又要作小說也太辛苦了。」有時姨媽半嘲笑的對我說。我那時候因為學校的薪水支不出，不能不作一二篇文字拿到書店裡去換些稿費來維持生活。我為生活問題正在苦惱著的時候，聽見她的嘲笑。真的想一拳的捶下去。

「在S市住的只我和你兩個人，有血肉關係的……」姨媽對美仙說這句話時，她的臉色異常的可怕。受到病魔的威壓的姨媽身上沒有人類的靈魂，只有魔鬼的靈魂了。若她再生存十年、二十年還不會死的話，我們到什麼地方去，她也就在後面緊追著來，那麼我們的家庭幸福終要給她像撕紙片般的撕得一點不留了，我們倆因為她的事常常口角。

三

好了，我們有了好機會把姨媽送到Ｈ埠去了。Ｈ埠的春英來了信，說她月前生了一個小孩子。姨媽聽見她已經有孫子了，就想早點到Ｈ埠去。自接春英的信以來，每天昏沉沉的不住的一邊叫春英和初生的小孩兒的名，一邊痛哭。

「她這樣的想到Ｈ埠去會春英和孫兒，我們就打發她到Ｈ埠去吧。」我們夫妻倆幾晚上都是這麼的籌商。不消說我想送姨媽到Ｈ埠的動機不單是為她想看初生的孫兒，我的心裡面還潛伏著有殘忍的利己的思想，就在美仙面前也不便直說出來。

我們替姨媽把幾件的簡單的行李收拾好了，出發的日期也到了。出發的前一晚，我們真擔心萬一明天發了病，不能動身就糟了。到了第二天，下了點微雨，我還是硬把姨媽送到停車場去。

「如果姨媽還沒到Ｈ埠，在途中死了的話，那時他們把姨媽的遺柩送回來時，那怎麼了呢！」我們送了姨媽出發之後都為這件事擔心。姨媽實在是太弱了——能不能平安到Ｈ埠還是個問題。自姨媽去後，我們倆常坐至夜深推度著姨媽在途中的狀況。這幾日間我心裡起了一片黑影子，常在自責。

「姨媽的命是你無理的把她短縮了的，」自姨媽去後，良心的苛責使我不曾度過半日快愉的生活。

「她是想見女兒，想見孫兒去的，就死了也是她自己情願的。」我常把這些話來打消自責之念，但心裡的一片黑影是始終除不掉的。

過了三星期，H埠有信來了。信裡說，姨媽到H埠後每日很歡喜的抱著才生下來的孫兒流淚。春英的信裡並沒有半句對我們道謝的話。但姨媽還是死了——到H埠後兩個月就死了。

由此看來，姨媽的命運是我們把她短縮了的。她是我們催她快死的。如果我們不把姨媽送到H埠去，留她在S市，很親切的看護她；那麼她的命或可以多延長一年半年。姨媽的的確確是我們把她殺了的。我們的生活雖然窮，但養姨媽一年半年的力量恐怕不見得沒有吧。我們所怕的是看護她的一件事，但這也是稍為忍耐些就可以做得到的。姨媽在我們家裡，美仙雖然很勞苦，但這也不是趕姨媽到H埠去的正當理由。

我們討厭姨媽母女的理由是她們的冷酷態度，一面要受人的恩惠，一面又抹殺人的好意。她們的眼睛像常在說，「我們不是親戚麼！我們不窮，還要來乞你的援助嗎？這一點兒的生活費的通融算得什麼！也值得誇張在說恩惠嗎？」春英母女的這種態度就是我們不情願資助她們、不本意的資助她們的重大原因。她們到H埠後一張明信片也不給我們，在S市的時候常把冷酷的眼光對我們，「以後不再累你們了，不再受你們的白眼了。」這是春英的可惡的語氣！這一切印象竟把我的復讎的注意力引向她們那邊作用了。因為這些小小的不快的印象，望著一個老人的病死而無惻隱之心的不加救濟。像我這一個人類——高等肉食動物的體內是有殘忍的血在循流著的。

閒話還是白說的，姨媽終是死了。她的壽命是做了人類感情衝突時的犧牲，做了我的冷酷的性格的犧牲。我此刻才知道我是沒有一點犧牲的精神和仁慈。莫說對姨媽，就對自己的弱妻幼子還是一樣的利己的，殘酷的。我如果少和朋友們開個什麼懇親會，那會費就盡夠姨媽一星期的伙食了。我若少買幾部無聊的書籍，也就夠姨媽一個月的用費了。死了之後絕不會再生的人類誰不想把他的生命多延幾天。平心而論，姨媽的生命可否多延長一年或半年的權力全操在我們手中，但我竟昏迷的把這種權力惡用了。我因為利己的思想和因家庭的幸福終把姨媽的生命短促了。我一面憎惡自己有這樣殘忍的思想，一面又自認自己的殘忍的行為。

三年前的冬，我在學校支不到薪水，一肚皮的悶氣沒處發泄，回到家裡看見美仙替駒兒多買了一頂絨織風帽，便把幾個月來所受的窮苦的悶氣都向美仙身上發泄了。我罵美仙全不會體諒丈夫，全不知丈夫的辛苦；我又罵美仙是個全沒受教育的野蠻人，沒有資格做一家的主婦，最後我罵美仙快點兒去死，不要再活著使我受累。駒兒臥在他母親的懷裡，聽見我高聲的罵他的母親，嚇得哭出來了。美仙也給我罵哭了，低著頭垂淚不說話。像我這個利己的高等動物對妻子尚且如此的殘酷，對姨媽更無用說了。其實我罵美仙的前一天和幾個友人還到西菜館去吃了兩塊多錢的大菜，美仙買給駒兒的風帽只值得一塊錢。美仙有時多買些肉——她是為我和駒兒多買些肉——我便向她警戒，要她節省之上再節省。美仙沒有話回答我，只嘆口氣。

春英由H埠回來時，不知作何態度對我們呢。那時候我們要很親切的招呼她了，我刻薄了姨媽的罪也許減輕幾分。但自姨媽死後，半年，一年總不見她有什麼消息給我們。我們又忍不住要說春英是忘恩負義的人了。其實我何曾有什麼誠意的恩惠給她呢！

四

姨媽死了兩週年了。

今天早上春英竟出我們意料之外的帶了她的兒子——在H埠生的兒子——來訪我們。像母親般的臉色白皙得可愛的小孩兒，不過身上穿的衣裳稍為舊點兒，髒點兒。春英來後坐了一會，只說了兩三句許久不見的話，便很率直的向我們借錢。

據春英說，她早和H埠的丈夫離了婚。她的丈夫僅給她一份盤費叫她回S市來。我後來聽見H埠回來的友人說，春英的這個兒子並不是她的丈夫生的。是一個水客（來往S市和H埠間，以帶郵件和貨物為職業的商人）替她生的。春英初赴H埠是她的未婚夫託了這位水客帶去的，春英未到H埠以前先在海口的旅館裡和這位水客成了親。她和她的丈夫離婚恐怕是這個原因了。

不幸的小孩子！我望著春英的兒子，心裡把他和我的駒兒比較時，覺得我的駒兒幸福得多了。由此看來，叫我們不能不相信命運。我覺得春英的兒子可憐，很想把駒兒的玩具分點兒給他；但春英儘管向我們說她的兒子如何的可愛，如何的可憐，對於駒兒兄弟——這時候駒兒跟乳母出去了不在家裡，小的在裡面睡著了——並沒有跟問半句；我又覺得她太不近情了，終把她厭恨起來了。我決意不借錢給她也是在這一瞬間。我這時候恰好手中也沒有錢，不過要用的時候，向友人通融二三十元也未嘗做不到。

她那對小眼睛裡潛伏著的冷的眼光！純白色的全沒有和藹的表情的臉孔，貪慾！偏執的性格！沒有一件不像死去了的姨媽！

「你們都是我前世的冤家！你們不死乾淨，我是沒有舒服的日子過的！」我同時感著一種不快和脅逼。我忙跑回樓上去，只讓美仙一個人陪著她。我在樓上時時聽見春英的冷寂的笑聲。

吃過了午飯，春英帶她兒子回去了。我跑上樓上的檐欄前俯瞰著春英抱著她的兒子的可憐的姿態。兒子倒伏在春英的肩上哭，說不願回去。

「媽媽買糖餅！買糖餅給阿耿吃！（阿耿是她的兒子的名）不要哭，不要哭！媽媽買糖餅給你吃！」

我望見這種情狀，登時感著一種傷感的情調。假定那個女人是美仙，她懷中的小孩子是駒兒時，是何等慘痛的事喲！

「她真的這樣窮了嗎？」我跑下來問美仙。

「她說好幾個月沒有吃牛肉了。你看那個小孩子不是不願回去嗎？」

「是的，她穿的那對襪子真髒極了。她怕只有這一對吧。她是很愛好看的人，有第二對襪子還不拿來換上。這幾天下了雨，她又不敢洗。」

「她今天回去是要洗的了。」美仙說著笑了。

我們是何等利己的喲。春英正在愁眉不展的時候，我們漠不相關的還把她當我們的話題。

「她告訴你她住在什麼地方？」

「她說是三司街的第四條胡同。她沒有明白的告訴我。」

「她有說住在誰的家裡沒有？」我聽見春英住在三司街，心裡對她回 S 市後的生活有些懷疑。

「她沒有說住在誰的家裡，大概是自己租房子吧。她像不願意我們知道她的住所，她像有什麼事怕我們知道似的，我疑她回 S 市後又姘上了誰。」

「這都是父母造的孽。姨媽如果不和春英的父親離開，春英也是個體面家庭的小姐。

因為姨媽有了那回事就自暴自棄了，春英也跟著自暴自棄了。」

「可憐是很可憐的。」美仙嘆了一口氣。

「……」

「可是我們哪裡能夠終身供給她呢！答應了她一次，第二次又要來的。所以她說到借錢的事我一口就拒絕了。」

「……」

我心裡想，若我所懷疑的春英近來的生涯不會錯，那麼春英算是世間最可憐的人中的一個了。她來向我們求助——姨媽死後第一次的求助——我們竟殘酷的把她拒絕了。我愈想愈敵不住良心的苛責，我也不和美仙再說什麼，換好了衣服一個人出去。

我最怕的就是紅著臉向友人告貸。我寧可給他們打幾個嘴巴，真不情願開口向他們借錢。是去年的冬季的事了，我這小家庭的人都犯了傷寒症，給醫生的謝儀幾塊錢都沒有了。我扶著病叩了幾位友人的門，不知受了多少侮辱，最後才借了七八塊錢回來。從那時起我發誓不再紅著臉向人借錢的了。今天為春英的事，不能不取消前誓。

我向學校的同事借了三十元就跑向三司街那邊去。到得三司街時太陽快要下山了。我按著胡同一條一條的數。各胡同口都站著三兩個滿臉塗著脂粉的女人。我心裡異常難過的想折足回去。後想已到了這邊來，就不能不把自己的目的達到。

我進了第四條胡同，便聞著一種難聞的臭氣。這條胡同有七十多家的人家，天時又不早了，只得找了當頭的一家問她們春英住在哪一家。我站在門首便望得見廳裡面有三四個塗脂抹粉的女人。一個還在梳裝，一個赤著膀子在換衣裳。一個袒著胸膛，露出雙乳，對著鏡向胸部抹粉。還有一個像裝束好了的，她看見我便提高喉嚨。

「請進來坐嗎！」

我滿臉緋紅的，把帽子脫了一脫：「對不起得很，我想找一個人名叫春英的，她住在哪一家？」

那女人聽見我指名找人的，臉上便不高興起來了。

「媽——這邊有叫春英的嗎？」那個女人問了後，一個四五十歲的女人跑了出來笑向著我點頭。

「這邊的姊妹沒有叫春英的，莫非是新來的麼。」

「她怕不是你們姊妹行中的人，她是才從H埠回來的，帶著一個小孩子，年紀約有三十一二了。」

「啊——老桃！她住在二十七號，從那邊數去，第十四家就是她家了。」

我向她們點了一點首，道謝了後走出門外時，還聽見她們在笑著說。

「這怕是她的老知交了。她一個月平均沒有一晚有生意的。莫非交了好運嗎。昨晚上她接了一個酒店裡的工人，今晚上又有這麼一個斯文的客。」

我雖然心裡不情願聽，但好奇心要逼著我站著聽。原來春英早就回來了的！我愈想愈覺得春英可憐。她是不情願到我們家裡來的！她很失望的就是住在這胡同裡的職業還不能維持她母子的生活！她不得已才到我家裡來！我還對她為禮儀上的形式上的苛責，我真是殘忍極了的人！「你看她對她的兒子如何的負責任！你把你自己和她比較看看！」悲楚和羞愧交逼著我，禁不住眼淚直流的了。

春英出來望見我，很羞愧的垂著兩行淚。

「我回 S 市來有三個多月了。因為自己命薄沒有面目到美姊家裡去……」春英的聲音噤住了，伏在門壁上哭出聲來了。

「不要傷心了。最好是離開這個地方。出來後再設法吧。」我也垂著淚，找不出別的話來安慰她。

「我想回鄉下去。我今天是想向美姊借點旅費回鄉下去。」

「回村裡去也好，你回去後也不必客氣，困難的時候只管寫信來，我盡我的能力有多少寄多少給你。你把你那個孩子撫養長成了就好了。」我不能再在這胡同裡久站，也不忍在這胡同裡久站，我把帶來的三十元給了三分之二給春英。

「姊夫的恩，我今生是無能圖報的了！……」春英垂著淚低下頭去。我平日希望春英對我的謝詞她今晚上不吝惜的說出來了。但我聽著這個謝詞像有把尖利的小刀向我的胸前刺來，我感著我的雙頰像給火燃著般的。像我這樣的利己的，殘忍的人也配受她的謝詞，受她稱恩人嗎？

五

我由三司街出來，覺得自己的身體輕快了許多。精神也舒服了些。我走到最熱鬧的榮街上來時，下了一點微雪。我把剩下來的十元買了一件毛織外套給駒兒。此外買了幾尺布，買了一大包棉花是給美仙做棉褲的。美仙兩年前就要求做棉褲給她，我不單不答應，還要罵她幾句，說她年輕，並不是老年的人要穿棉褲，有了夾的夠穿了，還要花錢做什麼。把東西買好了後，我便跑進一家西菜館裡去喝了兩盅葡萄酒，吃了兩碟大菜。由西菜館出來時，我懷裡還有七八個銀角子和十多個銅角子。我走一步，懷裡的銀角子和銅角子便相擊撞的亂響。在這瞬間我覺得我居然是一個富翁了。平日我看見坐著汽車飛馳的人是很痛恨的，今晚上飛駛著汽車的人不會引起我的反感了。在江船上看見了許多我平日最痛恨的軍人和資本家，但今晚上他們的臉孔不像往時那樣的可厭了。

過了江還要走幾條黑暗的街道才回得到家裡。我帶著點酒興覺得今晚上的踏雪夜行是很有意味的。我在近碼頭的一條黑暗街道上發見了一個勞動者拖著一駕很重贅的貨車走不動，很辛苦的在喘氣。我把手裡抱著的買來的一包東西放在他的車上，用盡我的雙腕之力在車後幫著他推。貨車突然的輕快起來，那勞動者嚇了一跳，忙翻過頭來望車後。

「哈，哈，哈哈！」我望著他笑。

「先生，謝謝你！」那勞動者也笑向我鞠了一鞠躬。

「你到哪一條街去的？」

「我到維新馬路的。」

「那麼我們是同路。」

「先生也到那條街去嗎？」

「是的，走吧！我們走快些。」

他在前頭拖，我在後頭推。兩個哈哈笑著過了一條街道又一條街道。到了維新路口我們要分手了。

「像先生這樣的善人我真的沒有見過。」他再三的向我鞠躬。我有生以來今晚是第一次聽見他人稱我做善人。

我走到家門首了。酒意沒有退，雙頰還是紅熱著的。奶媽出來開了門，我急急的跑到妻的房裡去。美仙正在低著頭替駒兒縫補衣裳。我把買的東西擱在臺上的一隅。美仙待要站起來，早給我抱著了。我在美仙的雙頰上亂接了一會吻。

「狂了嗎？……酒臭。」微笑開始在美仙的唇上發展。我把買回來的駒兒的小外套和她的棉褲材料給她看，微笑愈把她的雙唇展開了。妻把小外套看了一回，又把布的顏色在燈下檢視了一回。

「你今天到什麼地方去了來？你哪裡有錢買這許多東西。」美仙笑著說了後，坐近我的膝邊來。

「你不討厭我了嗎？近這幾天來，你的臉色是很不好看的。這幾天真怕你要發脾氣。」美仙的眼睛裡早鑲嵌住幾粒金剛石。

「美仙，你說些什麼！我到死都是愛你的！死了後還是愛你的。」我一面說把隻手加在美仙的肩上了。

「真的？你不厭棄我？……世界中除了你……」美仙的眼淚終於掉下來了。

「自你到我家裡來，除苦勞之外沒有一點好處到你身上。美仙，對不起你的就是我。除了你還有人能受我的愛嗎！」

「不，不，我是喜歡苦勞的，苦勞是我自己願意的。你真的永久愛我？……」美仙垂著淚像小女兒般的飛投到我懷裡來緊纏著我的胸膛。她的黑瞳裡的幸福之淚是很燦爛的。

「把駒兒叫醒來試試外套合穿不合穿。」我一時高興的想叫醒了駒兒抱著他耍。

「等明天試吧。天氣冷，莫著了涼。他醒來時非等二三個時辰是不睡的。」美仙微笑著向我說。

「像我們這樣貧苦的家庭，你也感著幸福嗎？」我今晚上才感知我們是幸福的。

「幸福喲！有你在我們母子的身邊，我們是幸福的。」美仙今晚上像處女般的雙頰緋紅的表示她的羞愧。

駒兒和駱兒呼呼的睡在床的一隅在做他們的幸福之夢。和駱兒並枕睡著的就是美仙，她今晚上像很信賴她的丈夫，微笑著在做幸福之夢。她今晚上是很安心的入睡鄉了。我望著這三個可憐的靈魂，覺得她們母子未免太過信賴我這利己的，殘忍無人性的人了。我同時又覺得我實沒有資格做她的夫，做他們的父。美仙時常是這麼樣的對我說：

「你如果死了呢，我也立即跟著你去的。」這雖是女人通用的口吻，但她是絕不說謊的。如果妻比我先死，我怎麼樣呢？我縱不續娶，也不能跟著她死。我們兩人間的愛是有這樣的一個異點。但這是美仙推度得到的。她並不奢望我要和她愛我一樣的愛她，她只望我有點兒愛她，她就滿足了。

只一件棉褲子的材料，就把她一切的悲哀趕開了，她就很安心的熟睡了。美仙喲！可憐的美仙喲！你自嫁給這個利己主義者以來每天在渴望著愛！像我這個利己的殘忍者幾把你的愛苗枯死了。我只給很微很微的一點兒愛給她，她竟把自己的生命來作交換條件。這樣的看起來，我是個罪無可赦的利己的高等動物——春英的淚固不能感動，就美仙的美麗純潔的淚也不能感化的動物！

我坐在燈前正在沉思，駱兒哭起來了。何等可愛的美麗的啼聲！我望著美仙微睜著倦眼，解開她的衣衾，露出一隻乳來給駱兒吃。

「幾點鐘了？還不睡嗎？」美仙微笑著望了我一回，又閉著雙目睡下去了。

三七晚上

三七晚上

一

阿鴻兒死後滿二十天了。今晚是第三七的晚上，母親很擔心阿鴻兒歲數小，在冥間不敢過黃河橋，又怕看守黃河橋的「黃官」欺侮他，她從今天正午就很悲痛的哭，一直哭到晚飯後，晚飯也沒有吃，哭困了，就睡了。

我有兩個弟弟，大的阿鵠兒七歲了，進了初等小學的一年級，小的就是阿鴻兒，他死時才滿三週年又兩個月。阿鴻兒平日是很活潑的，我每天由學校回來，他聽見我的聲音——聽見我喊媽媽的聲音，便高聲歡呼著「姊姊」迎出來。我每早上學總不敢給他看見，他看見了定不放我走，哭著趕到門首的街口來。

阿鴻兒死去的前×天。——我的確記得是星期四那天，天色像要下雪般的，滿天遮著灰色的雲。阿鴻兒每天早上起來是我引他到廳前或門首去玩的，玩到吃早飯後交回給母親，我才打算上學去。星期四那天早上阿鴻兒雖和平時一樣的六點半鐘就起來，但他不像平時一樣的喜歡我，不要我抱他到外面去玩了。每天早上一望見我就伸出兩個小手來笑著喊「姊姊」的，那天他死不肯離開母親的懷裡，側首伏在母親的左肩上，望見我進來，只呆呆地望著我，不笑也不說話。他看我伸出雙手拍著要抱他時便帶哭的說，「不要你！歔！歔！歔！歔！不要你！」他望都不望我了，拚命鑽進母親的暖懷裡去。

「你試摸摸阿鴻兒的額不是有點熱嗎？不燙手嗎？」母親要我檢視阿鴻兒的體溫。

「不要你！不要你！」我伸手摸到阿鴻兒的額上時，他哭出來了。他像很討厭我的。他像除母親外看見誰都討厭。

吃早飯的時候，母親左手把他抱在膝上，右手拿筷子吃飯。他無論如何總不肯離開母親的懷裡。他平日喜歡坐的矮籐椅也不坐了，飯也懶吃，話也懶說，笑也懶笑，甚至東西也懶看了。

那天早飯後我還是照常上課去。下午回來，才踏入門首就聽見阿鴻兒的哭聲。我忙跑進母親房裡來。一個年輕的醫生手中持著檢溫器要檢阿鴻兒的體溫。阿鴻兒倒臥在母親的膝上掙扎著狂哭，因為母親隻手抱著他，隻手替他解衣服。

「不要你！死鬼！」阿鴻兒哭著向那醫生罵，舉起他的一隻小手拍打醫生的臂。「媽媽！媽媽呀！救我！」他像怕那醫生怕極了，翻過他的那對淚眼望著母親，向母親求救。母親還是繼續著替他解衣裳，叫醫生把檢溫器插進他的肩脅下去。阿鴻兒知道母親是和醫生共謀的人了，恨得伸出那隻手的五指來在母親左頰上亂擰。

「媽媽鬼！媽媽！」阿鴻兒哀恨的痛哭。

「乖兒！給先生看看，病才會好。病好了，乖兒不會這樣的辛苦。」母親的頰上垂著兩行清淚。

「姊姊！姊姊！抱，抱我！」我走前他身旁時，他更可憐的哀哭起來。阿鴻兒像流了許多鼻血，鼻孔門首滿塗著深紅色的乾固了的血。他的雙頰像焚著般的紅熱。他的雙眼滿貯著清淚。他的口唇鮮紅，但很枯燥的。他哭得滿額都是汗珠兒了。

檢溫的結果，知道阿鴻兒的體溫很高，超過三十九度了。醫生檢了溫，聽了脈，查問了一切病狀後說，近來麻疹很流行，阿鴻兒怕是要發麻疹，房裡的光線不得太強了，要把窗門關上，不要叫他吹風著了寒，食物要揀流動性的容易消化的給他吃。

醫生去後阿鴻兒才止了哭，但咳嗽得厲害。母親說吃了早飯才注意到阿鴻兒的一對眼睛淌著淚，但他並不曾哭。用棉花替他揩乾了後，過了一會又淌了出來。吃了早飯沒有多久就很疲倦的樣子倒在母親的懷裡睡了。只睡了半點多鐘，但這半點多鐘間驚醒了兩三次。最後醒來時哭著流了不少的鼻血。

二

到了第二天，阿鴻兒周身果然發了無數的針口大的紅疹，先在眼旁和頰部發，次在頸部和腹部發，又次及全身四肢了。

阿鴻兒發麻疹後不像前兩天哭得厲害了，但熱度總不見低下，只昏昏沉沉的睡著。

我因為阿鴻兒的病也請假不上課了，只讓阿鵠兒一個人去。窗扉緊閉著的黑暗的房子裡，不是我守著阿鴻兒就是母親守著他；睡著時坐在他旁邊，醒來時便哄著他玩。阿鴻兒的體溫太高了，不曾繼續著熟睡二小時以上。呼吸稍為急一點，就咳嗽起來，終哭著醒來了。

「媽媽！媽媽！」只哭喊了兩句「媽媽」，更咳嗽得厲害。咳嗽得愈厲害，他愈要哭。我忙把他扶起來坐著，因為怕他睡著哭，呼吸不順，所以咳嗽得厲害。

「鴻弟！鴻兒！姊姊在這裡，你看！姊姊不是在這兒和鴻哥兒玩嗎？鴻哥兒，不要怕，姊姊在這裡！媽媽就要來的，燒開水去了——燒開水沖牛奶給鴻哥兒吃！你看媽媽就來了！」我隻手輕拍著坐在被窩裡的阿鴻兒的背，隻手指著房門首。

三七晚上

阿鴻兒還是哭著，哭了後又咳嗽，咳嗽了一陣後再哭，他的雙頰像燒紅了的炭般的赤熱，他終把鼻血哭出來了。

那晚上阿鴻兒的病狀更昏沉沉的。我和母親都沒有睡，共守著阿鴻兒。母親幾次叫我去歇息歇息，但我還是和母親一樣的睡不著。

半夜時分，阿鴻兒又醒了過來。

月光光，照蓮塘。

蓮塘背，種油菜，油菜花……

阿鴻兒這次醒來不哭了，把一隻小拳伸出被窩外，睜著他的黑水晶般的瞳子望著帳頂在唱歌。但他的雙頰還是赤熱的炭般的。

上間點火下間光，照著新娘疊嫁妝……

牛拖籠，馬拖箱！……

「鴻兒，好乖，你喉乾嗎？要牛奶喝嗎？」

「不要！媽媽啊，媽媽抱！」阿鴻兒不唱歌了，微側著身體，伸出雙手向母親，母親坐進被窩裡去把阿鴻兒抱在胸懷裡。我也伸過手來摸了他的頰和額，我的手感著灼熱。

「鵠哥，做紙鳶！姊姊！……狗狗吠！狗來了！花毛兒來了！媽媽，我怕！」這時候是午夜時分了，萬籟俱寂的，外面並沒有犬吠的聲音。

「阿鴻兒不是在譫語嗎？」我想及日間醫生所說的話來了，心裡異常的憂恐，但不敢直捷的向母親說出，怕她傷心。

「母親也怕在這樣的想著，不敢向我明說吧。」想到這裡，我心裡更覺難過。

「阿鴻兒恐怕是發了夢，夢見阿鵠兒做紙鳶給他，又夢見鄰家的花毛狗吠他，才說出這些話來。是的，他定發了這種夢。絕不是譫語！絕不是譫語！」我此刻又把剛才的猶疑取消，自己安慰自己。

三

到第二天正午，阿鴻兒還不見通便，我們不得不守著醫生的指示，替他人工的通便了。阿鴻兒這兩天來吃了十幾格蘭姆的蓖麻子油了，但還不見通便。

甘油注射進阿鴻兒的肛門內後，過了三分多鐘，便通了。最初下來的是一條硬結了的黑糞，後來下的是灰黃色的很稀的糞水了。這大概是服了蓖麻子油的結果。

自行人工通便後，那天下午阿鴻兒一連泄了五六次。到傍晚時分的一次，糞水竟帶點肉紅色了。我望見這肉紅色的糞水，心房像冷息了的不會鼓動。母親看見後，先就流淚，後竟哭出聲來了。

吃過了晚飯，阿鴻兒的體溫像低減了些，但昏迷狀態比昨晚上還要厲害。

八點鐘前後，阿鴻兒抱在母親的懷裡。我們都希望著他能夠安靜的多睡一睡，但他總不睡，只睜著眼睛痴痴的仰望著母親的臉。

「媽媽！媽媽痛！我痛！」阿鴻兒指著他的足向母親說。他常在很痛苦般的伸他的雙腕。有時又自摸著臀部說痛。大概他是手足和腰部痠痛。

這是阿鴻兒的最後的一晚了！也是我們能聽見阿鴻兒的呼吸的最後一晚了。這晚上母親的眼淚並不曾乾過。

像循著週期律般的到了午夜時分，阿鴻兒再醒了過來。

「媽媽！抱！媽媽！抱抱！不要放！有人來了！媽媽不要放，快快抱我！」阿鴻兒的聲音雖微弱，但他的音調很悲哀並帶點驚恐的分子。

黎明時分，阿鴻兒昏沉沉的永眠了！

母親在狂哭！狂哭著說，她如何的沒有愛護阿鴻兒，終把阿鴻兒殺了。母親又哭著說，她太把阿鴻兒不值錢了，才會患了這種病。母親又哭著說，阿鴻兒是因為看見母親沒有能力愛護他，才跑了去的。母親又哭著說，阿鴻兒在陰司遇著父親時，父親定會咒罵她。哭來哭去，說的都是一類的對不起亡父和阿鴻兒的話。

我只痴望著母親流淚。阿鵠兒不解事，看見母親哭，他也哭了；但他在哭著勸母親莫哭。

阿鴻兒是患了麻疹和腸窒扶斯的合併症死了的。阿鴻兒死了一星期後，我還不很信阿鴻兒是死了的，我只當是一個不祥的夢。我的意識中總覺得阿鴻兒還是在房裡睡在母親的腕上。但看見廳裡的小棺木和聽見母親的哭聲時，我像從夢中驚醒起，眼淚像泉水般的湧了出來。

四

阿鴻兒死後過了二十天了。今晚是第三七的晚上了。母親又在傷心著哭。我和阿鵠兒打算不睡覺，要等到十點多鐘同在鴻弟的靈前燒紙錢並祀看守黃河的「黃官」。八點鐘時分，母親像哭倦了，睡著了。我把我的針線箱取了出來，替阿鵠兒做鞋面子。阿鵠兒坐在對面的案前，手裡拿著一支石筆在石板上索索的寫。

「六九五十四，得商六，餘數六∴六又九分之六。」阿鵠兒在低聲的唸著。他念了後，就不再念了，石板上的索索的聲音也停息了。很寂靜的寒夜，什麼都聽不見。

「鵠弟！習題嗎？」

「唔，是的，明天要在黑板上算的。」阿鵠兒再在翻他的算術教科書。「姊姊，算術真討厭，弄得我沒有工夫讀兒童世界。再算兩題就可以了。算完了，我念『兒童世界』給你聽。」

「唉——」

三七晚上

阿鵠兒再低下頭去，他手中的石筆又在石板上索索的作響了。我停了針，抬起頭來望了他一望。他很可愛的微笑著俯著頭。

再過了一刻，阿鵠兒放了石筆，「媽媽醒來了嗎？」

我們又聽見母親在裡面歔欷的哭了。

我們無從勸，也不敢勸母親不要哭。

「媽媽！」阿鵠兒只喊了一句媽媽。

「『黃官』那邊要多燒點紙錢！×兒，你要替阿鴻兒祈願，快點引他過黃河。」

「是的，媽媽！你歇息吧！」

「阿鴻兒今晚上可以平平安安的過黃河橋吧！」母親說了後又哭了。

「像阿鴻兒般的可愛的小孩兒，沒有人難為他的。媽媽，你歇息歇息吧。」我雖然裝出樂觀的聲調安慰了母親，但胸裡像給什麼鎮壓著眼眶裡也滿溢著眼淚了。

我跑到母親的床前去，安慰了母親幾句，再走出來。我們聽見母親的嘆息，以後就沉寂了。

寒風在外面忽然的哀號起來，空氣的溫度也急的低下了。我傾聽著風聲，更悲楚的流了不少的眼淚。

「姊姊，媽媽又夢見了鴻弟嗎？怎麼你也哭了？」阿鵲兒驚望著我的淚眼。

「低聲些！」我用手巾揩了眼淚。「阿鵲兒，你以後要特別的孝順母親喲！要多聽母親的話喲！」

「沒有了阿鴻兒，母親一個人睡不慣吧。」

「當然！怪不得母親每晚上悲痛。」

「真的不慣，我也不慣。」

「你也覺得不慣嗎？」

「我不得再做紙鳶給他玩了。我不得再看他哭了。我很不慣的。」

「是的，你的話不錯。」

「不要想阿鴻兒的事了！想起來不快活。我讀『兒童世界』給你聽吧。」

「你就讀吧。」

阿鵲兒忙伸手到他的書袋裡去摸今天新買回來的『兒童世界』。寒風一陣一陣的在戶外哀號。

三七晚上

「兒童世界」取出來了。我望著阿鴿兒的小口一張一閉的。

「從前有一個人，生下三個兒子，兩個是很硬心的……」

戶外的寒風還在一陣一陣的哀號。

電子書購買　　爽讀 APP

國家圖書館出版品預行編目資料

末日的受審判者：禁忌情感與矛盾人性，在每個獨處時刻灼燒著靈魂 / 張資平 著 . -- 第一版 . -- 臺北市：崧燁文化事業有限公司 , 2023.10
面；　公分
POD 版
ISBN 978-626-357-650-6(平裝)
857.63　　112014390

末日的受審判者：禁忌情感與矛盾人性，在每個獨處時刻灼燒著靈魂

臉書

作　　者：張資平
發 行 人：黃振庭
出 版 者：崧燁文化事業有限公司
發 行 者：崧燁文化事業有限公司
E-mail：sonbookservice@gmail.com
粉 絲 頁：https://www.facebook.com/sonbookss/
網　　址：https://sonbook.net/
地　　址：台北市中正區重慶南路一段六十一號八樓 815 室
Rm. 815, 8F., No.61, Sec. 1, Chongqing S. Rd., Zhongzheng Dist., Taipei City 100, Taiwan
電　　話：(02) 2370-3310　　　**傳　　真**：(02) 2388-1990
印　　刷：京峯數位服務有限公司
律師顧問：廣華律師事務所 張珮琦律師

定　　價： 330 元
發行日期： 2023 年 10 月第一版
◎本書以 POD 印製